U0937949

好好地吃一朵西蓝花

乔迦——作品

CNS PUBLISHING & MEDIA 中南出版传媒
湖南文艺出版社 HUNAN LITERATURE AND ART PUBLISHING HOUSE
博集天卷 CS-BOOKY

图书在版编目（CIP）数据

好好地吃一朵西蓝花 / 乔迦著. -- 长沙 : 湖南文艺出版社, 2016.5
ISBN 978-7-5404-7561-1

Ⅰ. ①好… Ⅱ. ①乔… Ⅲ. ①散文集－中国－当代Ⅳ. ①I267

中国版本图书馆CIP数据核字(2016)第071829号

上架建议：散文・随笔

HAOHAO DE CHI YI DUO XILANHUA
好好地吃一朵西蓝花

作　　者：乔　迦
出 版 人：刘清华
责任编辑：薛　健　刘诗哲
监　　制：蔡明菲　潘　良
策划编辑：邢越超
文案编辑：温雅卿
营销支持：李　群　杨清方
封面插画：半生瓜
版式设计：李　洁
封面设计：仙　境
出版发行：湖南文艺出版社
（长沙市雨花区东二环一段508号　邮编：410014）
网　　址：www.hnwy.net
印　　刷：北京缤索印刷有限公司
经　　销：新华书店
开　　本：880mm×1270mm　1/32
字　　数：180千字
印　　张：9
版　　次：2016年5月第1版
印　　次：2016年5月第1次印刷
书　　号：ISBN 978-7-5404-7561-1
定　　价：39.80元

质量监督电话：010-59096394
团购电话：010-59320018

HAOHAO DE CHI
YIDUO XILANHUA
好好地吃
一朵西蓝花

目 录

CONTENTS

01

· 02

目录
CONTENTS

Espres
café Espre
coffee
Espresso

目录
CONTENTS

coffeecoffee
coffeecof

目录
CONTENTS

爷爷会做鱼

每到冬天的时候，就会尤其想回家，想在爷爷奶奶身边，好像回到小时候。北方的冬天，万物萧索，天气又冷，即便是繁华都会，街上也是行人甚少，与南国自然不能比。所以，我总说我喜欢南方，南方是属于青春的地方，人的心事和植物一样，一直葱郁，好像过不完的青春期。北方则不然，在以前很多文人笔下，北方的冬天是容易让人患上抑郁症的。即便那时候这个词还不太流行，甚至无人知晓，只是在多年以后，我们慢慢明白了为何一到冬天人们就心生凄惶。

万物萧条，城市灰扑扑的，人心也灰扑扑的。好像关于冬天的记忆就是灰扑扑的。或者应该回到更早之前，回到乡下，回到爷爷奶奶身边，那时候的冬天是白的。白的雪，白的树挂，白的冰柱，一根根直挺挺挂在屋檐下，民间传说吃掉可以治粗脖子，也不知道是不是真的。

那时候的冬天，真是有诸多乐趣。

从粮仓里抓出米来，支起簸箕，等着捕鸟，相信大多数人童年时都有这样经历，当然是受鲁迅先生唆使，结果也自然是一只鸟都没捕到。我小时候蹲在院子里左望望右望望，心想鸟儿们是

都成了大财主吗？它们是不是自己有粮仓，要么怎么撒这么多粮食它们都不来啊！

那时候人小，雪又大，只要一下雪，很容易就过膝盖到大腿了。上学路上呼哧呼哧总是吃力，但也有趣，眉毛睫毛也都有了白气，又结了冰，再呼热气，化掉，再结冰，总之，很有趣。雪大的时候，爷爷就会送我上学，尤其那时上的小学还是平房，学生轮流值日是需要生炉火的，我哪里会？爷爷便将生炉火的玉米棒、干玉米叶、干豆荚之类的捆一小捆，带去学校。

我特别喜欢冬天的炉火，甚至想以后干脆在家里做个壁炉，天冷的时候在摇椅上摇摇晃晃地看书。但我最喜欢的，还是小时候用的那种炉子，一圈一圈，要在下面把火生起来，先用易燃的东西把火烧旺，等火势稳了再填煤块。总之，那时候的炉子带给我诸多乐趣。

我总央着爷爷在上面给我烤地瓜片、土豆片，香喷喷，金黄黄，满屋子都是香气，总是晚饭后烤，其实并不饿，只是觉得很有趣。那味道闻起来实在好，搬个小板凳坐在旁边傻乎乎地等，觉得整个人整个心都是暖的。

我总是回忆起那样的时刻。

我家人是比较会做饭的，说来也有趣，按理说，我爷爷那一代人应该是女人特别会做家务才对，但在我爷爷奶奶之间，刚好反了。我爷爷出身贫苦，很小就没了父母，是在同母异父的哥哥身边长大的。哥哥年长很多，都说长兄如父，自然权威得很，我爷爷当时小小的，说话哪里有分量？据说哪句话说错了，经常就被来一耳刮子。所以，我爷爷打小就是老好人的性格，小心翼翼，生怕得罪谁。我奶奶则完全不同，出身地主人家，是跟太姥爷一起吃小灶长大的，闻说当年家里是有站岗放哨的。后来听大人提起我奶奶出嫁的三点要求，现在想来也真是醉了——其一，不能有公婆，怕受气；其二，不能有妯娌，因为我奶奶不会做什么家务，怕被妯娌挤对笑话；其三，不能嫁城里，因为不敢用煤气罐……我奶奶到现在年近八十，一生没用过煤气罐……

以上三无政策，我爷爷完全符合，何况性格又好，还长得帅！就这样，两人过到今天，我奶奶仍然不会做什么家务，除了衣服是我奶奶洗，其他几乎都是我爷爷的事。这么想来，我爷爷真是超好男人，又做家务，又养家，脾气又好，长得又帅，而且据我所知，也没有什么风流旧闻。尽管他早年总说他要是年轻十岁二十岁一定跟我奶奶离婚，但我觉得他也就是说说而已。

乡下的家务可不仅仅是收拾房间、洗衣服、做饭这么简单，农具要会打，什么扫地的扫帚之类的，家家都是自己扎的。用我奶奶的话说，不是你有没有钱买，而是连这个都不会要被人笑话。我爷爷上得厅堂下得厨房，也自然烧得一手好菜。总之，我长这么大，是被我爷爷喂大的。

时至今日，我印象最深的，是我爷爷会做鱼。因为，我爷爷

经常做鱼，用我爷爷的话讲“我孙女爱吃鱼”。每次我爷爷很高调地说这话的时候，我两位姑姑在一旁听了直撇嘴。

我说我做菜还算有天赋，但一直不会做鱼，也是出于本身就害怕。海鱼腥味太大，总是嫌去不干净味道。而鲜鱼就要杀，杀鱼我肯定不敢，虽然小时候也做了好多混账事，那时候姑姑婶婶做鱼，也是不敢杀，便拿给我，让我狠狠摔死。所以，我经常说小孩儿通常跟小动物一样，对这世界毫无知觉，也分不清什么生老病死残忍不残忍，倘若现在让我把鱼摔死，我是万万下不了手的，但那时深感自己好英勇，觉得自己像个大人一样能罩着不敢杀鱼的姑姑婶婶。

如今自己出来，可能一年买上两次鱼回来做就不错了，哪怕是人家杀好的，但拿回来还是害怕，每次都是一边冲洗一边唠唠叨叨说对不起。总是喜欢到外面吃鱼，但自己在做鱼这方面，真的是毫无造诣，唯一会的是做鱼汤，味道很好，但每次喝完都拉肚子，也不知道哪里出了问题。

我爷爷自然很会做鱼，红烧、乱炖、煎炸，样样味美。每次我爷爷做鱼，我都会多吃一碗，所以我爷爷说我爱吃鱼，便总做给我吃，哪怕是现在。

炸刀鱼其实非常简单，将鱼收拾干净后均匀剪成段儿，然后放盐、酱油、姜、蒜腌制，加少许花椒粉。那时候没有什么料酒，便用一点点白酒去腥气。腌个二十分钟左右，便可以下油煎炸了。这里就出了分歧，我爷爷炸鱼从来不裹面粉，而我偏偏爱吃那层面粉，所以我总是抗议，说要裹厚厚的面粉，我爷爷说那有什么好吃的？吃鱼多好。总之，在这件事上，我爷爷没有让步，从来不裹面粉，把鱼块儿炸得金黄，油光闪闪。那种油亮金黄就抹在记忆里，你时刻想起，仿佛时刻都能看见，就在眼前一般。

现在，爷爷炸的鱼，那抹油亮金黄却不见了。

我小时候爱吃鱼，大鱼小鱼都爱吃，尤其爱吃鲫鱼壳儿（就是很小很小没长成的两寸左右的鲫鱼），觉得炸起来味道要比炸刀鱼还好。有次春节回去到爷爷家，跟爷爷一起去菜市场采买。爷爷问我想吃什么，我说想吃鲫鱼壳儿，我爷爷便去买，结果一问要五块钱一条，简直疯掉，这是在当金鱼卖吗？金鱼也没这么贵啊！原来人家是买来做供的。我爷爷问卖鱼的，按斤卖卖不卖，问了几家都不肯，我说算了，不吃也罢。没想到，我爷爷记在心上，之后我每次回去，老头儿便早早买了一堆收拾干净，用铁丝穿起来，等着我回去给我炸。为了不拂老人心意，我每次吃不完都带回来，其实我真的吃不下，大多也都是最后扔掉了。

每次我回去之前，我爷爷电话里都说：“我给你买鱼，早早给你收拾好，你回来就吃啊！”我说好。其实我哪里有那么能吃？哪里会次次都想吃鱼？只是，这成了我与我爷爷的一种必然联系——孙女爱吃鱼，爷爷会做鱼。

说起来我爷爷现在炸的鱼已经大不如前了，再没有金黄的色泽。以前我不懂，还以为是不是油换了，后来才明白，是爷爷老了，

已经拿捏不好做菜的火候了。现在每次回去看他们，奶奶都是要求我做菜，说爷爷做得不好吃。

一个人，做了一辈子的菜，喂大了一大家子的人，最后做菜却失了好味道。儿孙都长大了，他们手艺都超过了他，他们吃的、见的都比他多多了。那个当初做好味道的人，却老了。

我曾经写过要带我爷爷奶奶吃饭逛街看电影，一边喝可乐，一边吃薯条，去 K 歌，去旅行，去拍照。可是，也只是想想。

我也曾经写“你陪我长大，我陪你老”，那时候交往的男友以为我是写给他的，甚为感动，其实，我是写给我爷爷的。

你看，你还在给我做鱼，这是你的特权吧，所以，我一直没有学好做鱼，因为这是你的专利。我有时候甚至想，以后要找个很会做鱼的人嫁掉。当年我写的一篇小文，看乐了好多人，他们以为我在写男友，到最后发现我是在写你，于是他们又哭了。

你就哪里也不要去了，留在我身边，好好做鱼吧。

孙女爱吃鱼，爷爷就要会做。你说呢?

有一种热情叫作包饺子

家里老一辈有个说法，叫“上车饺子，下车面”，意思就是给人送行的时候包饺子，给人接风的时候吃面。这习惯在我家现在依然还保留着，除非作为小辈的我们强烈抗议，要知道我们这代人根本没那么爱吃饺子，偶尔回家包一次还好，要是在家时三天两头包饺子真是受不了。

所以，每次都是爷爷奶奶说，我给你包饺子，我说不要。

他们说包吧，我说不要。

我奶奶说你好不容易回来一次，奶奶连一次饺子都不给你包，心里多不落忍。

我咬咬牙，好吧，包吧！

其他孩子待遇也一样，甚至我姑姑、叔叔及我父母，也是每回去一次，老两口都热热闹闹开始早早和面剁馅包饺子。有时候我爸妈会夜里到爷爷奶奶家，老两口就晚上七八点开始包饺子，然后等他们到了再下锅。

说实话，对于老两口包饺子的“待客之道”，家里孩子都直撇嘴。这跟落不落伍、好不好吃没关系，而是我们真的没那么爱饺子呀！

妹妹们说煮点水饭吧，爷爷说包饺子多好。妹妹们说饺子有什么好吃，奶奶说饺子都不好吃还有什么好吃，包饺子！

于是，包饺子！

爷爷去菜市场买菜，新鲜的芹菜、韭菜都散着香味儿，一根根直挺挺地抖精神。我每次回去都会跟他一起去菜市场，他在前面走，我在后面喊："老头儿，老头儿。"我爷爷故意打岔说："老猴儿，老猴儿。"我说："嗯，老猴儿，老猴儿。"我爷爷说你想吃什么，我说不吃什么，我爷爷说那不行，我说那好吧，你看着买吧，我爷爷就鸡鸭鱼肉都买全。我说哪里吃得完，我爷爷说，吃不完我也得让你吃着啊！

葱姜蒜家里都常备，买些新鲜的瘦肉，提着满满当当的菜回家。我爷爷说你洗菜，我说我不洗。我最讨厌洗菜，因为我是个粗枝大叶写意派的人，特讨厌做那些仔细的事情，尤其是叶子菜，我通常都是水里泡一泡，再泡一泡，再泡一泡。于是，我奶奶洗菜。

我爷爷和面、剁馅，我说我帮你剁馅，就嗒嗒嗒嗒嗒嗒敲个没完。我爷爷说你剁这么快剁开了吗？我说不知道啊。我爷爷说你就捣乱吧！

下料是要我爷爷来的，葱姜蒜切末，把肉馅和菜馅混在一起，加油盐酱油，也加一点点鸡精和香油，然后搅啊搅，一边搅一边香气就出来了，那种生食的清新味道。家里都夸我爷爷下料的咸淡调得最到好处，但也正因为这最到好处，惹得我姑姑说好东西都糟蹋了。因为做菜方面我姑姑是我家泰山北斗级人物，虽然我

爷爷味道调得好，但我姑姑依然嫌他的刀工掌握不好。比如剁蔬菜馅，剁到什么程度适宜，剁不碎不好，剁太碎也不好。

一家人吃饭，总有咸淡清寡油腻之分，但正因为是一家人，自小尝着一个锅里做出来的味道，所以大致口味都差不多。北方人口重，我家人做菜偏咸一些。轮到我下厨，就会做得淡一点，但不受大家待见，他们嫌太淡，我只好为了合他们的口味多加料。

只有我爷爷奶奶在场的话，那么尝咸淡便是我奶奶的事。这个说来也有趣，往往做菜的是一个人，尝菜却要另一个人。做菜的人要战战兢兢给对方尝了去，等着对方品评，对方点头了，做菜的人才松一口气，这也是掌勺人的乐趣，说来也好像是折磨。按理说，既然是自己做菜，当然是自己说了算啊。可见下厨这件事，多半是为了旁人，而不是为了自己。当然，我们现在越来越提倡为自己下厨，这是个好事情，一个人要有为自己下厨的心情，这是对自己的爱。

我爷爷调味，生杀大权最后却在我奶奶的舌尖上，我奶奶说行了才行。之前我在其他篇里写过，说我爷爷奶奶的家庭地位一直“不对等”，我奶奶出身地主大户，我爷爷就跟街上要饭的穷小子差不多。当时是由我大姨爷介绍的，也就是我奶奶的姐夫。我爷爷当时是镇上民兵队的小队长，我大姨爷是县委的干部，所以在工作上多有往来。

我爷爷给我们描述过第一次见我奶奶的情景，说到了我太姥爷家等我奶奶去田里挖野菜回来，等了半天，人回来了，个子小小的，背一个大筐，用我爷爷的话形容就是其貌不扬。想来那个年代也真是质朴，中间人撮合撮合，双方只要不破底线就可以了。所以，即便我奶奶个子不高、其貌不扬，但两人还是见了一面回头就把这婚事定下了。我爷爷说那时候一路上我奶奶连话都不说，我爷爷还心想这姑娘真闷啊，谁承想结了婚才知道这媳妇这么厉害！

我曾看过一个比方，说夫妻两人过日子，就好像只有一把椅子，一定有人坐着，另外一个就站着，传说中的相敬如宾、举案齐眉只能是传说。现实生活中看起来好像也确实是如此，两人中间，总有一个是司令、一个是大兵。在我爷爷奶奶这儿，毫无悬念，我奶奶是司令，我爷爷是大兵。

我奶奶这辈子没做过什么家务，没吃过什么苦，甚至孩子都是大的带小的，而我奶奶去赶集打牌。用现在的话讲，我奶奶一生娇惯，小时候太姥爷惯着，成婚后我爷爷又礼让迁就，所以厉害得一辈子说一不二，有气势得很。

我奶奶一生没做过几顿饭，以至我们一直以为她不会做饭。我奶奶说当然会，然后骄傲地说当初你爷爷被抓进去，不就是我天天给送饭送菜吗？她说的是当年爷爷被打成右派，关进临时的青年点儿。我爷爷对此很感慨，经常说难为你奶奶那时候天天带饭来看我。

每当提及此，我便觉得他们之间的关系不像外人看来这般的。

在家里所有人看来，我爷爷都是一辈子受我奶奶气，而这种一个愿打、一个愿挨的相处之道估计他们自己却乐在其中。后来慢慢长大后，我发现了这种关系的微妙之处。我奶奶会指挥我爷爷，但她不允许我爷爷被别人欺负半分，哪怕是跟儿女发生争执，还没等我爷爷吭声，我奶奶就铁定把他们赶出去并且撂狠话说："你们再别上我家来。"

总之，但凡可能有什么人、什么事让我爷爷觉得委屈，我奶奶就把所有气势挂在脸上。

而今，我眼看年近三十，每次回去，我奶奶都唠叨我——关于我的婚事。我奶奶说找个岁数大点的也行，她说你看我跟你爷就差了好几岁，年轻时候他让着我，现在老了我照顾他啊。果然，老太太心里明白透亮。

一年一度最热闹的包饺子场面莫过于大年夜全家人一起包饺子，老老少少围一桌一起包，人多手快，三下两下就包完了，通常至少包三样——肉馅、素馅，还有白糖馅。家中男人爱吃肉馅，女眷和孩子多半喜欢素馅和白糖馅。为了来年讨个好彩头，在某个饺子里偷偷放枚五毛钱的硬币。人人都想无意中吃到，但往往有时吃到的是"意外惊喜"，比如说不定谁动了手脚，在饺子里默默放了一把黄豆或者红辣椒！

时至今日，都说北方人爱吃饺子，仔细想来，其实未必是“爱吃”，而是“爱”。上门做客，如果对方不怕麻烦愿意和面剁馅配料包桌饺子给你，必然是没有拿你当外人，以示极其亲近的关系。

可能你并不喜欢吃，可能你想吃的只是清清淡淡的白米粥，也不想让主人家如此大费周章。可是，当对方一脸热切准备充分地想包饺子给你的时候，那是对方的情义，你怎么好拒绝？

我奶奶那句“奶奶连一次饺子都不给你包，心里多不落忍”，已然成为我辈几个姐妹中流行的“名言”，所以每次回去都逗老太太说：“包饺子啊？”老太太便一脸高兴地说：“好啊好啊。”老太太不知道这是我们拿来逗她的乐趣，毕竟，在她的表达里，包饺子就是满满的热情和爱。长大成人，我们对于向他人的需索以及提供给他人的都越来越有限，倘若家人愿意花心思花时间不怕麻烦来做一件毫不起眼的小事以示亲近，哪怕你没那么喜欢也并不需要，至少，不要开口拒绝，那是他们的心意。

甜嘴儿的灶王爷

看任祥老师在《传家》里写小年儿，北方的腊月二十三，南方的腊月二十四，各地都有很多习俗。那时的童谣是这么唱的：二十三，糖瓜粘；二十四，扫房子；二十五，磨豆腐；二十六，炖羊肉；二十七，宰公鸡；二十八，把面发；二十九，蒸馒头；三十晚上闹一宿。虽然现在的中国年味儿已经淡了很多，大家也没有时间早早大张旗鼓杀猪宰羊地准备，很多地方特性的传统习俗早已消失，但到了腊月二十三，也就是小年儿这天，大家还是很高兴，毕竟，意味着春节越来越近了，在外务工人员也都开始陆陆续续返乡了。大家兴高采烈，拖着行囊，提着特制大红包装的年货，结队的乡邻，带小孩儿的夫妻，一路拥挤奔波，倒也十分热闹喜庆。

我小时候，家里在外屋西墙的高处是供了灶王爷的，虽然那时候我不明白为什么要供他，但他就像我的一个老朋友，每年小年儿这天都要打上个招呼。母亲会点香，并准备供品，然后踩到凳子上摆上去，小孩再依次行礼。那时候我不知道他是干吗的，只知道他叫灶王爷，意思应该跟寿星老差不多。

灶王爷本名当然不叫灶王爷，一说姓张名单，还有说姓苏名

吉利，也有种说法是灶王爷其实就是火神祝融。不管哪种说法，都有相通之处，总之是位穿红衣的美男子，据说，非常美！鉴于大家对灶王的形象想象塑造得如此之美，可见，灶王在民间是深受爱戴的，人们甚至非常体贴地给他娶了媳妇。所以，百姓家供的灶神像，也有是供灶神夫妻的。

记忆里，我小时候家里供的灶神像是灶神本尊，没有他的美娇娘。我好像从来没有仔细端详过他，只知道跟财神爷什么的一样，也是花花绿绿、珠光宝气。记得小时候每逢年关将至，平日乞讨为生的人便会批发一大沓财神爷的像，然后挨家挨户送去。财神爷的像倒不会有谁家拒绝，为了讨个吉利，大伙儿也都纷纷掏钱收下，给送财神像的乞丐们五毛一块的算作答谢。所以几乎每家最后都会收到好几张财神爷的像，遇到好心的人家，比如我爷爷，还会去仓房给乞丐的搪瓷缸里淘上满满一缸子米。那时候民风淳朴，但凡家中条件尚可的，都不会对乞丐们冷眼相拒。我奶奶说，她年轻时与大姑娘小媳妇们出去做买卖卖衣服，经常走在路上就被当地人叫去家里歇歇，还给准备饭菜。我奶奶时常感慨，说那时候的人真好。

我是很喜欢给灶王爷行礼的，也喜欢看着母亲给灶王爷备供。那时候家里还没有信佛，唯一准备的供品就是给灶王爷的了。对于小孩子，早早就感觉到要过年了，便欢天喜地起来，到了小年儿这一天，年味儿就正式开始有了。如童谣中所唱“二十三，糖瓜粘”，灶糖是必不可少的，作为小朋友便开心得很，因为所有小孩小时候都被管束少吃糖，尤其灶糖这种特别甜又黏牙的，平时家里大人是很少纵容让吃的。

大了以后，我才知道，原来这灶糖不是为了粘住小孩儿的嘴，而是为了粘住灶王爷的嘴。灶神——掌管一家福祸的神，被百姓们非常友善地尊为“一家之主”，这友善里，有尊敬，有喜爱，更有讨好之嫌，就像小孩子嘴巴甜讨大人的赏。人们对待灶神也是如此，因为灶神负责监视考察家家户户，然后年终上天庭去如实回禀，天庭听完灶神的报告后开始在来年赏罚。居家过日子，都会有些小打小闹、夫妻失和孩童顽劣老来糊涂之类。人们怕这些不好的事会传到天庭去，便在灶神上天前，给灶神美美饯行贿赂一番。供上供品，抹上灶糖，甚至有的还灌酒，让灶神吃饱了喝美了晕乎乎地上天去，便不会计较那些小账，更会替家家户户美言。

这是中国人为人处世的哲学，所谓老好人，便是如此。我们有太多这样的谚语流传下来，比如“与人方便自己方便”之类，说的都是这个意思。仔细想来，也颇有道理。

比如，你的领导要找你的同事，而他刚好不在，眼看领导正要发火，你怎么做？你是说同事刚因公事外出了，还是说不知道，抑或看似无心地撇一句我来了也一直没看见他。这便是为人处世的哲学。

想必灶王爷是睁一只眼闭一只眼的，哪怕他知道人们“贿赂”

他的本意，但他还是乐呵呵地照单全收了，这样来年家家才都会有好事发生，人们才会高兴。

灶王爷腊月二十三这天上天之后，家家更应谨言慎行，因为相当于镇守家中的守护神临时离岗，大鬼小鬼凶神鬼煞便容易闯进门来，所以人们处处小心。除了全心准备辞旧迎新外，其他外事几乎都停了，避免不小心招致不吉利。直到除夕夜，灶王爷以及诸神再度下凡返回各家各户，大家才又喜气热闹起来，终于有了天兵福将庇佑，心底便有了依靠。

这是千年来农业社会的传统，老祖宗在人力有限的情况下，将一切美好寄望交给众神，与其说是封建迷信，我倒觉得甚是美好温馨。人神共处，守着一家家的团圆喜乐，怎不是美事一桩？

小时候这一天除了必吃灶糖，又甜、又香、又脆、又黏牙，再就是家家会包饺子。在北方，但凡节岁，人们普遍的庆祝就是包饺子。

再有就是，从这天开始，人们也开始陆陆续续赶集办年货了。那时候没有顺丰，没有淘宝，没有京东，甚至在乡下，除了邮政，再没什么快递，人们采办年货要自己骑着单车或摩托车到镇上的集市去。记得当时的赶集是分单双日子，我小时候没少跟爷爷姑姑赶过集，等到妹妹们的童年时期，家家都迁至城里，只有商业街，再无赶集之说。

那时候我爷爷才五十多岁，尚算壮年，驮着我骑七里地去赶集。其实也没有什么可买，因为家中向来准备充足，熟食生肉鱼虾之类，在当地菜市场就可以买，无非买些糖果零食。更多的，我爷爷怕我寒假在家憋闷，便带着我出去遛。

时下，爷爷家便迁到了儿时赶集的镇上。当初露天的集市，早就盖得跟商场差不多，但年关将至时，还是熙熙攘攘，因为住附近乡下的人依然会一脸热闹地来采买，如我们当初一样。前几日我在电话里特意叮嘱我爷爷，我说你不要自己办年货啊，你等我回去跟你一起去。我爷爷说好啊，我等你回来一起去。

按我的意思，春节的假期便是应该从腊月二十三开始放，一直放到正月十五，也就是大家热热闹闹把这个中国年过完整，该回家回家，该采买采买，该团聚团聚，把要见的人都见到，把想念的人都见到，而不是行色匆匆，恨不得只一桌饭局了事。

南方进了腊月会腌制腊肉腊肠火腿酱板鸭之类；在东北，这些都没有，如果说算得上地方特色的，便是家家腌制酸菜。过去交通不便，很少有外来蔬菜，再加上每到冬天东北就天寒地冻寸草不生，家家冬天时几乎没有什么新鲜蔬菜可吃，便要靠冬白菜来腌制酸菜。家家腌制满满一大陶缸，把老叶子去掉，一棵棵白白净净摆放整齐，一层层码放在缸里，再一层层撒料，最后上面还要压块超重的石头，这样便于把腌制过程中的水积压出来。腌制好后，一冬天，便是酸菜五花肉、酸菜粉条、酸菜排骨、酸菜血肠、酸菜饺子、酸菜馅饼之类的热气腾腾地吃上一冬，好像百

吃不腻。现在各地的超市里都有袋装的酸菜卖，如果你吃过东北当地的，你就知道那跟正宗的味道压根儿不能比。

如此种种，说来容易，可是想想我们的老祖宗当时为了积攒储备食材过冬，该是想了多少办法，尝试了多少方式，做了多少努力，这里面便是寻常人家的智慧。这样想来，吃食当然是一种文化，而且必须是一种文化。

中国人的骨子里，有一种叫作“藏”的品性，或者说是审美，酒香藏于深巷，梅香藏于冬雪，剑气藏于空袖，道高藏于深山……那些寻常日子的小希冀、小愿望，便藏在给灶王爷的供品里——上天言好话，下界保平安。

可惜，这样一位俊美亲切的老好人已经于我们家户中绝迹。我还记得最后一次送灶神上天，母亲取下旧的灶神像烧掉，却没有贴新的上去。我问她为什么烧掉，为什么不贴新的了，母亲说你已经长大了，不需要他再庇护你了。我没有提出异议，但时至今日我仍记得当时内心的伤感，我不需要他保护我，不需要他庇佑我，不需要他为我做任何事情，他就像个老朋友一样在我家里住了那么多年，也在其他人家里住了那么多年，有一天，人们把他送走了，却再没迎回来。因为，人们用不到他了。

年味儿

年是属于老人和孩子的，跟大人没什么关系，但孩子会慢慢长成大人。当孩子长成大人后，年便也跟他们没什么关系了。所以，跟年相关的，只有老人。盼着儿孙满堂，盼着一家团圆，盼着平日见不到的孩子们都能回家聚聚。

老人的年，开始得尤其早。当我们还没放假的时候，当我们为年底的物流急得跳脚打电话的时候，当我们在做年终总结、新年计划的时候，老人的年便开始了。

列菜单、买菜、买糖，买各种水果、各种干果、各种供果。

今年过年我放假早，我跟爷爷说你等我回去再准备年货，爷爷说好。等我回去后，第二天早起饭后第一件事，奶奶说你拿笔记，我说好。

芹菜、韭菜、小白菜、菠菜、猪耳朵、肘子、牛肉、西红柿、菜花、豆角……诸如此类，其他鸡鸭鱼虾蟹之类早有人送来了。奶奶说家里沙发巾该换了，你看到好看的就买，我说好。奶奶不放心，奶奶说你能买好吗？我说我都多大的人了，连东西都不会买？奶奶在一旁乐。

跟爷爷出发，外面下雪，好大。没有要停的意思，等了一会儿，爷爷说走吧，我说走。我说我拿相机，爷爷说拿它干啥？人挤人挤坏了呢？我一想也是！干脆连手机也不带了。

出门，地上已经结了冰。我拽着爷爷，爷爷说：“别拽我，你摔了把我带倒了！”……当场气结！

集市里人挤人，可怜我穿了双浅色的翻毛皮鞋！我一边走一边嘟囔，我说你看你看我的鞋都脏了，爷爷不搭茬儿，装作没听见。老头儿说的是对的，老头儿走得稳得很，倒是我，噼噼啪啪好几个踉跄差点摔倒。我说你走慢点嘛，老头儿回头看热闹似的乐。

买菜。

我说怎么买？爷爷说一样来二斤。我说好。爷爷说知道二斤是多少吗？我说不知道。爷爷说那你起什么哄？爷爷开始挑菜，跟人讲价。爷爷说这个小白菜太大了，我说挺好的，买吧，其实我是实在懒得走了。爷爷说不大？我说不大。爷爷说那行，买吧。

爷爷指挥掏钱，我拎菜，买了满满两大包。我说买点藕，爷爷说那怎么吃啊？我说好，不买。我说买点笋，爷爷说那怎么吃啊？我说好，不买。最后，我就不问了，盘算着第二天等姑姑来再重新采买。

老头儿结账的时候跟人装糊涂，老板算账三十四，他偏说三十三。我以为他耳背听不清，在旁边连比画带喊三十四，他也喊三十三；我说三十四，他说三十三，然后不怀好意地笑，让我狠狠拍了一把，我说：“你烦人不烦人？”

果然，第二天姑姑到时间买了什么菜。姑姑去厨房转了一圈说谁买的小白菜，这么老。我说我爷让买的，爷爷说你扯淡，我都说老了，你说行！姑姑说洋葱有吗？我说没买！姑姑说藕片有吗？我说没买！姑姑说蘑菇有吗？我说没买！姑姑说那你们都买什么了啊？我学着爷爷的样子比画说：“一样来二斤！”

跟姑姑继续去买菜，爷爷在家准备炸丸子。

丸子、皮冻、碗坨子这几样是过年爷爷才会做的东西，年年有，所以老头儿开始挽起袖子做这些的时候，就意味着年来了！炸丸子大家都熟悉，现在好多超市里都有卖的，有素的有肉的。东北的传统炸丸子是土豆丸子，不放蔬菜也不放肉。

把土豆煮熟，去皮，压成泥，然后放作料。五香粉、葱末、盐，搅拌均匀，再放面粉，加少量水继续搅拌，最后成黏稠状。也有放胡萝卜丁、洋葱丁、黄瓜丁的，或者放野菜，全凭个人喜好，便是所谓的素丸子。若是放火腿或肉馅之类，则是肉丸子，总之是同一原理。

油锅烧热后下锅，我原本以为简单得很，直接拿勺子就可以挖成团儿，实际操作起来根本不是，面团黏在勺子上根本弄不下来，更别说要弄成球状。爷爷过来指导，说看着，老头儿把面团从虎口处挤出来，挤出来便是圆的了。我恍然大悟，说会了会了。

小姑过来尝尝味道，说太淡，又加料。爷爷站在一旁说，合着你说你炸丸子，就是站在这挤团儿啊？我说是不是我炸的？我扔油锅里就是我炸的！

家里孩子爱吃炸丸子，大人则爱吃爷爷做的碗坨子。这个东西好像很多人不知道是什么，呃，翻译一下就是不透明的皮冻（反正我是这么理解的）！都是凝固原理，皮冻是透明的，碗坨子是白的。皮冻是拿猪皮熬的，碗坨子里则放瘦肉，顾名思义，要放

在碗里一个一个地蒸，然后再扣出来。我对碗坨子没什么好感，虽然我爸爸很爱，我还是比较喜欢皮冻，因为皮冻好看！爷爷提前几天就开始买肉皮，清肉皮，要把毛弄干净，也要把肥肉都剃掉。一大条一大条肉皮放在大锅里煮，捞出来，再刮毛，再剔肥肉，换水，再煮，如此反复，看着简单，但要煮上一两天。

晚上十点钟，爷爷还在厨房里围着围裙刮肉皮，平常他早就睡了。我说你明天再弄嘛，爷爷说那怎么行，得弄好放好了，弄不好第二天就不新鲜了，说着又细细碎碎地弄起来。今年是暖冬，即便是东北，也比往年高出十多摄氏度，因为暖，皮冻便不容易凝住。凝了几次，爷爷总是不满意，便重新熬，再重新凝。待到团圆饭时，家人赞爷爷皮冻做得又好吃又干净，我满脑子全是他夜里站在厨房里刮猪皮的情景。

爷爷问我你不是炸麻花馃儿吗？我说对啊。爷爷说炸啊，我说等我妈来的嘛。爷爷说合着你就这么个炸法儿？

外婆生前在我家，当时每年春节都是我们一家人在自己家过，初二回爷爷家。外婆去世后，家中老人便只剩爷爷奶奶这边了，因此每年都回爷爷家过年，我更是一放假就直奔爷爷家。外婆在世的那些年里，每逢春节，家里总炸麻花馃儿。

和面，加鸡蛋，加白糖，加矾起脆。和好后，擀成饼，然后切条，再切菱形块，菱形块中间切个小口，将一端从切口里翻出来便有了形状。和面、加料、擀饼、切条都是我妈的事。我妈说那你干吗啊？我说我翻扣子！对，我就是爱翻那个扣子！炸到膨起，便可出锅，味道香甜脆，可做零食。

家家的团圆饭大多一个意思，鸡鸭鱼肉满

桌，丰盛和美，富贵有余，慢慢从团圆饭餐桌上消失的，是那些传统的年食。假如有一天爷爷不在了，恐怕家里再没有人熬皮冻蒸碗坨子了；老人不在了，恐怕一大家子人便也不会再聚到一起过年了，这便是老人对于一个家庭的意义。

拜年送礼入口即有幸福感的美味柿饼，取“好事连连”之意。

我会包饺子，就是把馅放到面皮里，和面调馅完全不会，所以在外面只有吃速冻饺子或者去饺子馆。姑姑和妈妈来京时，通常会带来一小袋面，以及擀面杖，给我包饺子或烙馅饼。所谓家的味道，不外如是。

过年，吃饭，团圆，说吉祥话，不可或缺的，还有打牌！我是我们家牌柱子，家里人多，好多人都能替补，唯有我，永远在桌上，不是我有牌瘾，这是爷爷奶奶的意思。其实老人喜欢谁，从牌桌上就能看出来，他们想让你跟着玩，又希望你多赢钱不要输，反之同理可推。像我这种逢赌必赢的高手，他们的担心完全多余，每年都能赢个几百块，最后给爷爷奶奶零花。

晚上，一家人忙着包年夜的饺子，妹妹们在隔壁房间打扑克打游戏。爷爷给老祖宗上了香，然后坐在沙发上看着外面发呆。如今文明了，连老祖宗都吃素了。记得小时候供桌上摆着的还有整整一个猪头，还有现杀的活鸡。那时候爷爷总是烧一大盆热水，拔毛，整个房间都弥漫着热腾腾的鸡皮味儿，那也是记忆里年味儿的一种，一股带着生命力的热气。爷爷把鸡收拾干净，然后挑些好看的毛给我扎鸡毛毽子。

在老家时是有大院儿的，年三十的夜里，我们挨家挨户地放鞭炮接神。孩子们提着灯笼在后面跟着，先从我家开始，然后去南街姑姑家，再回爷爷家，叔伯们有说有笑，我们提着灯笼在后面叽叽喳喳。爷爷家院子里的灯笼挂得尤其高，大老远就能看到。

小叔心俊，顺着灯笼下面又拉了满满的彩灯，半张网，把院子罩起来。大人在菜园子边上放鞭炮，我们便在远一点儿的地方放各种小玩意儿。

而今外面光秃秃的一片，只有楼。灯笼挂在屋子里，再没有红灯上雪的那种极致的美。楼顶都平平的，没有高低，没有走势，没有瓦楞，雪便没了层次，没了去向，没了痕迹，只是这样漫无目的地落着。

我转头问爷爷，你在想什么？

爷爷说没想什么。

我不知道他在想什么，想在远方没能回来过年的小叔和三孙女，想他已经老得不能像当年那样跟父辈们一起放鞭炮了，想在老家菜园子里他亲手挖的地窖储的白菜和葡萄藤，还是想忽而一年，他又老了一岁，还是惊诧自己已经这么老了……

我只知道，我在想过去。一大家人在一起的过去……

吃颗汤圆年将了

过完正月十五，年才算真真正正地了了。中国人骨子里有这种传统，爱热闹，爱喜庆，爱仪式感，所有节都分出来，不管中外古今，通通揽过来过一番。有情侣的约会，有朋友的约饭。金星在《金星秀》里说，年轻的情侣们除了清明节不当情人节过，其余的所有节日都拿来当情人节过。自然，这正月十五也不会例外。

也有人说，元宵节其实就相当于古代的情人节。那时候，不管出阁的妇女还是未出阁的姑娘，大姑娘小媳妇老妈子大多都是终日在宅院门户里，哪像现在的古装剧里演的一群姑娘花枝招展打打闹闹地到街上，正经人家的女儿是不会这样的。

有一个故事说，当年屈原在被流放的路上遇见位姑娘，上前问路，姑娘不应。屈原说明来意表明自己的身份，姑娘听说是屈原才开口相告，结果是姑娘转头就自尽了。这只是个故事，不管真伪，充分说明了中国古代女子与外界相隔的铁壁。当然不会像电视剧里演的那样扯着花，天真烂漫傻姑一样满街跑，然后跟英俊倜傥的真命天子撞个满怀。

能撞上的概率，怕是只有在元宵节这天的夜晚最高。大姑娘小媳妇都出了门，想想一年才上街那么几次，必定是精心上妆，点了胭脂扑了粉，一个个香喷喷的。男女老少众人赏灯，行人如鲫，一不小心撞上了，一转身，电光石火。或者隔着花灯，站了两个人，一阵风过，花灯晃了晃，便露出对面的桃花面来，想想便觉得美。当然，得站的是桃花面，否则惊喜就变惊悚了。

待到去潭柘寺看蜡梅，
已经是正月十五，
花色欲残但香气不减。

元宵节自古就是盛大节日，从古典文学作品中，或者从影视剧作品中都可以看出来，相传是汉文帝为了纪念“平吕”而设。而燃灯之说，则是众说纷纭，有说来自佛教，也有说来自道教，其实曲意相通，都是敬神（佛）祈福的意思。想想那时候没有路灯，也没有霓虹闪烁，一到日落整个世界都乌漆墨黑的，忽然街上出了那么多花灯，“一曲笙歌春如海，千门灯火夜似昼”，那一片光明闪耀去处，自是极喜人的。

灯会的盛行是从唐朝开始的，虽然之前也有，但规模都不大，也不够隆重。到唐朝时，由于国力兴盛，据说当时连乡野小镇都有热闹的灯会举办，人们自然欢喜。自唐起，元宵节的灯会便正式沿袭了下来，直至今日。去年的元宵节，与妹妹一起去哈尔滨赶了场冰灯，不得不感叹匠师们的智慧和手艺，那些晶莹剔透下的蚀骨寒意也可想而知。在北方城市，正月十五多有冰灯，但这冰灯并非本地而制，大多由更北的松花江运来。雕冰灯最关键也是最基础的就是取材，也就是什么样的冰——坚固、不易碎、易雕琢成型，又晶莹剔透。北方很多城市虽然冬日温度也在零下十几摄氏度，也能结冰，但冰的质地是做不了冰灯的。

除了极具东北特色的冰灯，更常见的，南北城市都可有的，便是林林总总的花灯。现在大家赏灯不甚讲究，大多只是图个热闹，但在古时，准备元宵节的花灯对于匠人们来说，可谓是颇费心血。要美观好看，又要有新意，除此之外，更要有好的寓意。大家耳熟能详的《灯赋》里“一团和气灯，二龙戏珠灯，三星高照灯，四季平安灯，五子夺魁灯，六连顺风灯，七子团圆灯，八仙过海灯，九节连环灯，十全富贵灯”说的便全是吉祥话，也是人们对于生活最美好的愿景。

有灯，便要有灯谜。灯谜游戏现在依然流行，旧时人们习古文更风雅一点，不仅有灯谜，还有灯联。现在能猜灯谜者众，但能出像样的灯联以及对灯联的人恐怕就不多了。这也是为什么灯联没有被沿袭下来的原因，从文化上讲，越大众的、门槛越低的越易于传播和广为流传。

元宵节的传统习俗极多，南北方也大有不同，时至今日沿袭下来且举国流行的就是赏灯和吃汤圆（或元宵）。南方叫汤圆，北方叫元宵。也有人试图区分汤圆和元宵，我曾听人说小的叫汤圆，大的就叫元宵，这种解释也真是毫无说服力。

两者的区别其实在于馅和皮的工序。北方的元宵是先有馅，然后一层一层挂粉，最后滚成外皮。而汤圆的做法就像包饺子，皮是现成的，只需把馅裹进去。现在的汤圆或元宵大多是买的，所以到底怎么做，或者具体叫什么，其实也都无所谓了。

我身边喜欢吃汤圆的人并不多，因为北方人对于这种甜腻的口感不大习惯。我由于一向嗜甜，倒是不排斥，平日冰箱里也会放两袋汤圆。相比煮汤圆，其实我更喜欢炸的，炸出来的汤圆更香脆，便减了糯米皮煮后的黏稠，吃起来不会那么腻。小时候总觉得母亲

傍晚到家煮了汤圆儿，
窗外时有爆竹声。

炸汤圆的技术一流，今年过年应我之邀，母亲又炸了一次，简直炸得四分五裂，母亲说我汤圆买错了，而我则认为，或许是记忆欺骗了我，事实也许是母亲炸汤圆的手艺一直不怎么样。

我在其他文中写过，说我母亲做菜手艺一般，看似精心，实则没什么滋味。我母亲精于摆盘，小时候但凡家里有客人，或者重要点的节日，母亲都会精心摆盘，整齐又好看。可是我总站在一旁嘟囔，你摆来摆去搞得都不新鲜了。母亲便懊恼地赶走我说：“一边玩去，少捣乱。”

我母亲做的唯一让我觉得味美的一道菜其实也是汤圆——汤圆水果羹，就是那种没有馅的小汤圆，与水果罐头同煮，极其简单，只要掌握好火候，不把小汤圆熬化了便好。小时候觉得好神奇啊，最主要的是别家妈妈都不会做，别家小孩都没有吃过，更觉得母亲会做这个很是给自己长脸。用现在的话讲，在当时那个年代尤其是乡下，那是很高端大气上档次的。

对于这种没馅的小汤圆，我尤其偏爱，直白点就是糯米团子。无论是热食做主料或配料，还是冷食放在甜品里冷饮里，我都喜欢得很。相比那些有馅的汤圆，我觉得这些简简单单的小团子口感弹性更好，且不会腻。

我还会一首卖汤圆的儿歌，小时候小姑教的“卖汤圆卖汤圆，小二哥的汤圆甜又圆，一碗汤圆满又满，三毛钱呀买一碗……”放在现在，三毛钱恐怕连一颗汤圆都买不到了。而且汤圆、月饼、粽子这些传统食物都与时俱进，花样翻新，除了传统老式的汤圆，更翻新了各种口味和外皮，桂花、玫瑰、红豆沙、黑芝麻、花生、枣泥、鲜肉、五仁、果味儿……诸如此类，外皮也是赤橙黄绿青蓝紫各种颜色。

汤圆向来象征团圆和美之意，所以圆鼓鼓地饱满，但也有汤圆偏不是圆的，而是三角体，像粽子，想来发明这种汤圆的人必

定是个有意思的人。

中国人自古以来对生活中的常见事物都寄予寓意，以此来预兆福祸。虽然今时今日大家已经不再迷信，但倘若有人早起打碎杯子、扣子掉了、鞋跟断了，还是颇为恼火，暗暗觉得这一天都会不顺。无论人类再怎样进化发展，这种本性上的心理暗示还是会像基因一样顽固地传衍下去，无一例外。我们通过后天的练习可以让自己忽视这种本能的暗示以及让其对己不产生作用，但不能抑制或改变本能本身。

关于元宵节的两处暗示，最为经典的便首推《红楼梦》里的两度元宵节。第一度是元妃省亲，当时贾府正处于鼎盛，第二年的元宵节虽也浮华热闹，但已现“盛极而衰”之象。《红楼梦》最让我感慨的不是宝黛二人的爱情，也不是十二钗的命运，而是开篇这句“好防佳节元宵后，便是烟消火灭时”。无论是个人、家庭、家族甚至国家、民族、历史，无一不是这样的起落开合。只是，我们人生短短几十载，更容易见证的是个人以及家庭、家族的变迁而已。

但愿佳节过后，灯火依然。春回大地，万物始发，生命蓬勃。

生在人世，这便是好寄愿。

立春梦

这一年的春节尤其晚，时已立春，却连小年儿都还没过，对上班族来说着实难熬。

天气出奇地好，难得一见的蓝天，且行云万里，浩浩荡荡，开阔得很。电影《立春》里，王彩玲说：“立春一过，实际上城市里还没啥春天的迹象，但是风真的就不一样了。风好像一夜间就变得温润潮湿起来了。”想来，便是这个意思。

立春，素来有“咬春”的说法，食一口辛辣脆口的萝卜，去一去沉了一冬的浊气，万象伊始，人便又活泼起来，万物也活泼起来。在古代，立春是个大日子，想想作为一年的第一个节气，自然也应该是个大日子。举国自上而下庆祝一番，好不热闹，史书上记载“周公始制立春土牛”。《京都风俗志》书中记载，宫前“东设芒神，西设春牛”。意思是在立春的前一天，在宫门前、各地方政府衙门前会塑芒神像和春牛像，等祭典结束后，众人焚打春牛像，人们纷纷把春牛的碎片抢回家，意为吉祥兴旺之兆。故而，又有“打春”一说，颇为传神生动。想想这也是领导层们与民同乐的一件趣事，放在平常，哪个敢去政府大院门前“打砸抢”？

在民间，自然要食春饼。北方多食春饼，南方多食春卷。春饼、春卷到底如何区分，我猜跟南北方的面点手法有关。北方面食浑厚筋道，南方则薄透晶莹，所以北方的春饼要比南方的春卷面皮厚得多。做得薄一些的，尚可叫荷叶饼，做得很厚的，就很难称得上“荷叶饼”了，只叫卷饼。

我小时候，每到立春，家里便会烙春饼。大家都知道，东北

所有东西都以“大”著称，人也高大，性情豪爽，倘是薄薄的荷叶饼，怕是十几张卷下来也吃不饱，而且依着东北人的急性子，估计卷来卷去自己就卷烦了。所以东北的薄饼大而厚，卷上两张就已是七八分饱。很多人没做过春饼，不知道怎么起层，其实特别简单，就是一层饼擀好后，涂上一层油，再叠上另一层，放在锅里时两边摊烙，吃时掀开，便外层稍硬有嚼劲，里层又软，好裹菜。

在吃食上，东北人确实不精细，所以配菜不像北京人那么讲究，通常都是豆芽菜炒肉丝、土豆丝青椒丝炒肉，再放上葱丝和蛋皮丝。而在老北京，早时富庶人家吃春饼要从酱肉铺叫食盒的，什么肚丝、炉肉、清酱肉、熏肘子、酱肘子、酱口条、熏鸡、酱鸭等等就全来了，听着就咽口水。

卷春饼是有讲究的，要配菜摆放整齐，长宽度都合适，如果涂酱的话，酱要涂均匀，要第一口下去就能吃到菜。卷好的春饼不能散，尤其是收尾时的回窝，这是“福兜儿”，当然要收得漂亮漏不得。好多小孩子不会卷，常常刚一提起来，整个饼就散了，只好大人接过来再重新卷上。

北方也有炸春卷，但春卷自己做的倒是少见，几乎都是买的，想来是北方人把握不好做春卷面皮的技巧。小时候吃的春卷都是豆沙馅，甜甜的，油汪汪吃一嘴，大了后才知道春卷还有别的馅，素的、肉的。也不光只炸食一种做法，全聚德的鸭丝春卷便很好吃，改了之前的传统配菜，而用了香菇和洋白菜，外酥内滑，口感很好。其实很多食物都是异曲同工，只是用料不同，但其原理都大同小异。

立春，
自己做了春饼，
美滋滋发了图片，
结果作为“行家里手”的大姑一句话打发回来，
说菜汤那么多，卷的时候肯定要漏。

关于立春，作为文艺青年可能都会想到一部电影——《立春》，甚至有人说每个文青的心里都住着一个王彩玲，执拗而悲怆，或者确切点说，正是因为这执拗而生的悲怆。

二十世纪八十年代，北方某座小城里的三个文艺爱好者——王彩玲、黄四宝、胡老师，因为对艺术有执着的追求而被视为“异类”，因为这追求是与当时的整个背景环境不相符的，正因这不相符，便引来讥笑。在那个年代，身为钢铁工人的周瑜在生活中比他们更容易立命安身且更融于人群。人群中是热闹的、暖的、善意的、其乐融融打成一片的（至少看上去是这样）。很遗憾，王彩玲、黄四宝、胡老师三位，因为他们对艺术的痴迷和追求，而被划分在这人群之外，所以，他们面对的是来自人群的质疑、猜忌、观望和讥笑，楚河汉界般分明。

这实在是个让人很难过的电影，不管它的宗旨意在批判、反省或鼓舞，总之，它依然让人难过，甚至称得上闻者惊心。为什么惊心？因为它与每个文艺青年息息相关，就如同网友写的那句“每个文青的心里都住着一个王彩玲”——一个执拗着想要成为艺术家的人，无奈不管怎样尝试都没有出路，充其量只不过是个文艺爱好者。

在北京当下，有太多太多这样的文艺爱好者，或者说文艺从业者，他们梦想着有一天可以能真正的艺术家，扬名立万，甚至有的人久而久之已经给自己冠上了艺术家的头衔，尽管他默默无名，甚至拿不出任何像样的作品来。

我认识一位这样的朋友。

老家是南方的某个村庄，父母兄弟都留在老家务农，唯有他一个人从故乡走了出来。高考时报考中央美院，落榜，再考，还是落榜，如此反复考了三四次，最后只好作罢，读了一个艺术专科。北京这座城市之所以与众不同，在于它的有容乃、大鱼龙混杂，三教九流，这里什么人都有，更重要的是，什么人到这儿都能找到同类。倘使留在老家，这个男生无异于王彩玲之于八十年代的那座小城，但是在北京，这样的人一大把，于是大家迅速围起一个又一个圈，互为凭证。

我与这男生算起来相识也快十年了，我读大学时给某杂志供稿，这男生是该杂志的插画作者。大家都在一个圈子里，不相熟，但也总是彼此知道。熟识起来是在我来北京之后，与我交好的朋友刚好也是这男生的好友，那时候便偶尔聚到一起吃饭聊天。我写稿子的杂志已经没落，所以几乎不写了，这男生便也再没给其他什么刊物画过插画。当时我在做版权，男生托我介绍看看是否有公司出版他的绘本，我问了几家，都不愿意接，最后只好作罢。

神奇的是这哥们儿在京没有工作，甚至没有稳定的收入竟也撑了这么多年。最开始大家还想给他介绍工作，但总是被他本人以各种理由推托掉，次数多了，大家便也不再提了。按他自己的说法，要与人群与世俗生活保持距离，这样才能保持良好的创作状态。他寄住在朋友的工作室里，偶尔有老师做展览的话，去帮帮忙拿些报酬，以此度日。吃住没什么讲究，毕竟是美术生，低

价的衣服搭起来倒也别有一番味道，但凡有件稍微昂贵些的，也都是身边朋友送的。

那时候年纪小，人也不像现在这么懒，关系较好一些的还经常会约个饭，但这男生来的次数越来越少，当然，也从未埋过单，想必也是觉得尴尬的。

立春之后，
果然，
连植物的神情都不一样了。

大概一年前，两人约了次饭，这男生坚持请客，便顺路约在了公司楼下的必胜客。好久未见，人依然精神，搭衣服依然品味不错，落座之后，跟服务员说："给我来杯美式咖啡。"我愣了一下，又迅速恢复神情。

两人说得有一搭没一搭，说实话，已经不大能聊得来了。他坐在我对面，给我讲他朋友办的周末 party，讲来的宾客，讲某位大腕也到场，讲他朋友的展览做得多牛。他讲得兴高采烈，说："来的人，大家都用英语交流的，我是得学学英语了。还有，我现在对红酒感兴趣，品红酒你知道吗……"如此云云，我心生尴尬，这尴尬不是因为我不懂品红酒，而是有些替他难为情，我脑子里打转盘旋的只有一句话："这些跟你有什么关系呢？"可是，我又有什么立场和资格替人家尴尬呢？就像前段时间大家争论的"没有钱就不能谈文艺吗？"的确，每个人都可以谈艺术，跟有钱没钱没关系。

王彩玲有王彩玲的梦，王守英有王守英的梦。有的人梦醒了，有的人梦成了，也有人，还在做梦。毕竟，梦是个美好的东西，它指引我们方向，也包裹起我们在现实里的所有不如意。《立春》的伤感，不是王彩玲一个人的伤感，是千千万万个文艺青年的伤感，心中纵有丘壑，现实里却举步维艰，很多努力，很多尝试，很多想法砸到现实里连声闷响都没有。侥幸的人美梦成真，识时务的人折身返回现实。还有很多人，迷

失在梦里，找不到出路，也醒不过来。

人之所以轻松快乐，是找到与命运和解的平衡点，无论你是执拗还是恍然大悟，而不是扭着自己与命运生硬相克下去。“扭曲”可以是一种创作手法，但对于创作者本身，不应该成为一种创作态度。

在这点上，我们的老祖宗真是做得甚好，欢欢喜喜吃了春饼打了春牛，热热闹闹地把这祥瑞捧回家去，然后在这春天里开始又一年的辛劳农作。朴质、真诚、热热闹闹又踏踏实实，这种对生命的礼赞要比对艺术的礼赞来得更赤诚庄重。

裹在江南旧梦里的甜软

春发，北方的树还没绿，花还没开，玉兰只打着毛茸茸的骨朵儿，还不肯露半点颜色，却是下江南的好时节，再好不过。在网上搜景点，搜古镇，搜酒店……也不过是过过干瘾，眼下工作正忙走不开，等到全民放假时，又是人满为患。便跟身在上海的姑娘唠叨，说好想下江南，提到江南的美食美景直流口水。

姑娘说："要不我买来寄给你？"我说还是等我亲自去吧。所谓"本地特色小吃"的精髓全在"本地"两个字，本地特产再好，却不抵本地即食。我在上海出差时，每次都跑到城隍庙去买现做的鲜肉月饼，回到北京也给朋友带一些，但味道大减，更别提在网上买的那些打着地方招牌的，买回来一尝，压根儿就不是一回事儿！

南方人擅制点心，小而精，品类繁多；北方虽然点心也不少，但并不算普遍，街头巷尾并不常见。而在南方，随便一个卖早点的推车便十几二十几样点心可选。热乎乎的刚出炉，香甜扑鼻，造型小巧可爱，讨人喜欢。

南方人心思精巧，在点心上便可见一斑。杂粮方糕、蟹粉汤包、小笼汤包、青团子、元宝糕、年年有鱼、玫瑰糕、马蹄糕、水晶糕、桂花糕、发财猪、肉粽、虾饺、奶香流沙包、鲜翠欲滴的各

色水馒头……不消吃，看着都让人欢喜。玫瑰糕的浪漫醉人，发财猪的卖萌讨巧，水馒头的晶莹剔透。我最喜欢的是原味黑米糕，小小一颗，又甜又糯，看着不起眼，入口却极好，黑米的甜糯软，配上莲子的微苦和偏硬的口感，互长互消，天然绝配。

当然，这些多是给外地游客吃的，或者买给馋嘴儿的小孩儿。本地人的早点依然实在，生煎包、小笼包、馄饨、大饼、蒸饺、浆子、

豆花，其实和北方差不多，只是味道不同，南甜北咸。对于生煎包，本地人爱得很，但我实在无福消受，觉得太腻，通常我都是只吃皮，刚好当时有一起工作的男同事只吃馅，也不算浪费。

春天是下江南的好时节，柳翠红喧、莺啼燕啭，赶上天气好便整日游荡，停停走走，若赶上阴雨，索性躲在客栈里。

老板和老板娘都不是本地人，只是来此经营。老板一道过江白鱼烧得又鲜又嫩，我赞老板手艺好，老板谦虚地说是因为鱼新鲜，对于我这种超级爱吃鱼的人来说，伴江随水的南方确实是最最理想的厨房。老板娘微瘦，头发有些自然卷，人质朴实在，邻桌的客人说睡得不大好头疼，老板娘说自己有治头痛的偏方，说着便起身上楼去取。下来后，抄给客人，说自己婆婆也多年头疼，以前在家时经常给老人按摩，现在来这经营一两个月才能回去一次。老板娘说着叹了口气，担心在家的老人。

我听了一会儿人家闲聊，折回自己房间去，原是打算在这绵绵雨声中午睡。窗外的橹声顺着水划过来，近了又远，听见船夫间相互的吆喝，起身，抓了长外套提着伞出门。去书院转了转，算我在内，两个人，听见自己的皮鞋叩在地板上嗒嗒地响，很是不忍，挑了半天也没挑到一本感兴趣的书，便又从书院转出来，转到街上去。都说南方的梅雨时节让人生厌，这倒是真的，尤其对于我这种自小在北方大太阳下曝晒起来的人，一日不见太阳便不舒服。此时此刻，淫雨霏霏却让人心事极软，好像一不小心就掉到水里，连卷儿也不打，直接向远方去。

道路和街头都已被雨水打湿，坐不得，只好撑着伞一直走。气温稍低，街道冷清，没几个人，唯有一些商铺半开着门板印在黑暗里。我顺着水边走了很久，仍有船只往来，远远地吱呀吱呀地，船上客人在细语，没有摇橹人的歌声，传说中极好听的摇橹人的歌声不知道是什么样子。

我买了香包，又去看人箍木桶。箍桶的大爷问我要不要买一个，我说我带不走呀。坐在矮凳上的大爷说，现在这种人工的可少呢，都是机器做的喽。说来奇葩，我自小喜欢的几种味道——摩托车的汽油味、装修的油漆味，再有就是刨木头的那种细碎的干燥的味道。汪涵在《有味》中写他有一个理想，就是去做木匠。其实，我偶尔也想去做木匠。我是对传统文化有情结的人，我身边的朋友都是看电影看电视看小说哭，我却是一看到什么“老匠人”“传统手艺失传”“消失的古建筑”这类相关的话题眼眶就热。

从木桶铺出来，雨仍没有停的意思，裹了裹衣服，越走越冷。天冷人就想吃东西，路旁有新出屉的定胜糕，白腾腾的热气裹着扑面而来的绵软。我买了两块，在雨里边走边吃，想起小时候的家教，奶奶不许我们走在路上吃东西，即便在家里，小孩子也不能把饭碗端到饭桌以外的地方去，如果中途离席，就不要再回来了。而今在外的我们，边走边玩边吃边逛已然成了一种年轻人的街头文化。每次回去，爷爷奶奶都说那些路边吃东西的人不成体统，却不知我们背地里对此也早已乐在其中了。

点心的命名，说来有些意思，一种是以原材料命名的，比如猪油糕、杂粮糕、黑米糕，还有一种以表状形态命名，比如水晶糕、玫瑰糕、千层糕、元宝糕等，再有就是跟原材料无关、跟表面形态也无关的命名了，这种便多少有些来历说法。比如定胜糕，也

有说“定盛糕”“鼎盛糕”“定升糕”，光字面意思也看得出来是兴盛如意之意。关于定胜糕，这里有两个说法，一说是“定升糕”最初为取材量米而命名，古时候的街面商铺，点心大小是有严格规定的，一升米刚好十个点心，所以叫“定升糕”。后来由于各时期人们对于生活的寄愿不同，便又改成“鼎盛糕”，可见人们对稻丰米足、国泰民安的美好向往。到后来有了战争，便又改称“定胜糕”。另外一说便是宋时金兀术带着金军进犯，当地百姓把金军的阵型打听清楚后，写了字条夹在糕点里，送给守城的韩世忠。原本两边僵持不下，正因为这及时雨般的消息，韩将军率众连夜出兵大破金军。之后，韩将军给这糕点改了名字，就叫“定胜糕”。

我喜欢定胜糕的口感，清甜松软，不糯，所以便不易生腻，幽白松软之上的一点红绿更显古味。从梅花型的模具中将刚蒸好的白糕扣出，规整排到铺着白色屉布的蒸笼里，裹上糯米纸，过程再简单不过，但正是这简单里透着古朴。

携了两块定胜糕，在这江南雨巷里边走边吃，心底大美。又买了其他糕点带回住处去。

人人爱江南，才子佳人游侠刀客；乾隆皇帝也爱，三天两头往江南跑，回去时候便红粉佳人在侧；金主完颜亮也爱，一句“三秋桂子，十里荷花”说得完颜金主蠢蠢欲动，但终归没能如愿。对于江南的好山好水，完颜金主不过也只能命画师 PS 一张《临安湖山图》，证明自己“到此一游”。

江南易老，
爱江南的人也易老。
这“易老”，
是一瞬间的事，
一夜间的事，
一瞬间方觉人世之艰涩惶惶如梦，
那个花长红柳长绿水长暖的江南，
便成了一个温柔乡。

诗人更爱，三月里的郑愁予，江花旁的白居易。江南易老，爱江南的人也易老。这“易老”，是一瞬间的事，一夜间的事，一瞬间方觉人世之艰涩惶惶如梦，那个花长红柳长绿水长暖的江南，便成了一个温柔乡。为什么爱江南？因为终于觉醒生命自身就是白墙青瓦般的寡淡，必须掩在江南的旖旎绵软中才不瑟瑟。

人活着活着，就不那么凛冽坚硬了。

有土生土长吃甜糕长大的上海朋友给我读《满江红》，他一边读我一边哈哈笑。他说你笑什么？我说：“听不懂就当情诗啊！”

思酒

晴思酒，雨思茶。

北京难得连续几日天色好得很。这样的好天气，才会让人有心思出门，好像出门就披了一层金。金的晨光，金的叶子，金的南瓜粥小米粥，金灿灿暖融融的早餐味道。

出胡同左转，过了社区活动中心，就是卷饼小铺子，早上上班族很多人排，再往前走，便是那家改了卖栗子糕的。紧挨着，重庆小吃，早点热气腾腾，包子、炸油饼、炸油条、烧麦、粥、汤、馄饨、豆腐脑、茶叶蛋……我一年也吃不上五次早点，但吃的话，必然是他们家的油条配豆腐脑，自己浇一勺辣椒油，浇得均匀，一个香喷喷的早晨。

重庆小吃挨着个小档口，卖拌凉菜和卤的鸡爪、鸭头之类的。老板娘偏瘦，脸色微黄，每次都放好多好多辣，哪怕我们每次都说放一点点辣，但在她那儿，一点点仍是好多，最后逼得我们再买时只好说不放辣。做这种小生意，我倒觉得男人比女人敞快，也好说话，不会斤斤计较。这些小商小铺小档口多半是老板比老板娘温和，说来也有趣。

再往前，便是超市。天气暖的时候，桃子、梨子、葡萄刚卸货，就直接摆在门口开始卖。卖菜的小伙子很有意思，因为已住了数年，我经常去买菜，便也脸熟。我说我要买枣，他说别买了。我说橙子呢？他说别买了。我说梨？他说你明天再来。我说黄瓜总新鲜吧？他说黄瓜行，黄瓜今天刚到的！

等我到家时，只见家里其他姑娘买了满满两斤枣，我问她哪买的，她说超市啊。

不知道为什么，每天早上路过超市，我都想到酒。

晨起一杯，好梦半醉。可惜，我是个滴酒不沾的人，这个可能跟遗传也有关系，我家里人几乎都不能喝酒。当初表妹出国时，全家一起吃饭，我爸爸以示高兴，要跟我表妹共饮，喊服务员，来一瓶啤的——由此可见我家人酒量，还不够人漱口的。

轮到我这儿，更是一塌糊涂。

我人生中第一次喝酒，是在初中班主任家，当时除了我还有一个女生。老头儿是退休后学校返聘的，每顿都来一两杯白的，问我们喝不喝，小孩子觉得新鲜，说好啊。

两三口下肚，那女生一点事没有，我就立马平躺了，睡了两小时，仍是走不动。最后好不容易到了学校，又跑去医务室扎针灸，晚上睡了一宿，第二天早上才好。至此，我便知自己不能喝，一口都不行。

第二次喝酒是大学时跟一位市委宣传部的阿姨吃饭，阿姨说，

姑娘，来一点吧。因为家人在，以示尊敬，我干了一杯。回去又吐半宿。

第三次完全是赌酒了。当时跟个小男生谈恋爱，对方知道我不能喝，酒精过敏，竟然跟我说："我全干，你随意。"简直就是犯贱啊！这不是叫板吗？于是我咕噜噜三杯酒下肚，一头便倒了。吐了一宿，身体动弹不得，头脑却万般清醒，不该说的一句都没说。至此，我可以确认自己虽然不能喝，但酒品甚好，异常冷静，大可放心。

第四次也是最后一次，便是几年前的七夕了。对方倒了红酒，我说我不能喝，对方说没事，你喝一点点。又是一点点，然后头疼一下午，打车回家吃药睡觉。然后，就再没然后了。

嗯哼，我的世界不能容忍一个跟我赌酒劝酒的男人。如果我说我不能喝，我希望他很识趣贴心地给我叫杯果汁或咖啡。

以上种种，能说明的就是我跟酒打不得交道，我享受不了它，它也享受不了我。

但不影响我爱它。

爱它源于的泥土、稻谷，爱它上蒸时的扑面热气，浸泡时的谷黄米白，爱它过滤时的那层细纱布，爱它封坛发酵埋于光阴里。

爱它的名字、它的故事，花雕、女儿红、红高粱、烧刀子，有人落轿掀盖头，有人捉刀走江湖。

爱江南的那种潮湿，以及江南人的那种绵软深情，从女娃第一声啼哭落地，埋于时光里，埋于自家桂花树下，埋于父母心头的那种殷殷期盼和牵挂。

更有北方的那种粗犷浓烈，像电影《红高粱》里十几个赤膊上阵的汉子满头大汗地打酒，更有余占鳌那一泡弄拙成巧的童子尿。

人、事、地域的味道和筋骨，都在酒里。

各有各的光阴，各有各的故事。

南方人喝酒和北方人喝酒又大有不同。我听过不少从北方到南方的朋友抱怨，说自从打北京去了上海，找人喝酒连个酒局都组不起来。

嗯哼，酒局在北京倒是盛行。甭管熟不熟，喝一圈就称兄道弟了，这是北方人的酒桌文化。南方人理解不了，也不认同，但又无奈。

有不少南方朋友跟我抱怨，说北方人看似热情，但并不实在。我说也许这是界定的问题，就好比第一次酒桌上见面的人跟你说：“以后用得着的地方，尽管找我。”我说这是北方人的热情，只是一种表达方式，但在南方人看来，则是承诺。

对于北方人来讲，只是客套。所以，我没必要也压根儿没打算兑现。

但它像一句海誓山盟一样砸在南方人的心上，因为在南方人的文化里没有这种寒暄方式，他以为你这就是一句承诺。换来的，

也大多必然是失望。

所以，北方盛行喝大酒，组大局，认识不认识的全来，不认识的现认识，熟的不熟的全来，喝起来唱起来闹起来，也常常打起来！最后往往都是闹剧收场，第二天醒来完全不记得跟谁喝了酒，脸上瘀青也不知道跟谁动了手。

这是北方人的莽撞可爱之处。

而南方人喝酒要挑酒、挑人、挑时间、挑地点、挑主题，相比之下，谨慎得多，倒也显得贴心轻盈。

想想我一个滴酒不沾的人，来写这么一篇关于酒的文章，也是醉了。

我记得狼桃姐姐写过一首诗，诗的名字叫作《到圣托里尼做个酒徒》。

好美的名字，也是好美的愿望。

只是，我此生注定不能成此大梦，不能做个阳光下的酒徒，没有“将进酒，杯莫停”的豪爽畅快，也没有“酒入愁肠，点点化作相思泪”的愁苦，但并不妨碍我想象它，认知它，喜欢它，迷恋它。

酒之于我，如同陆地之于1900[1]，1900一生没下过船，没

[1]1900：意大利电影《海上钢琴师》的主人公，从出生到死亡，一生未下过船的天才钢琴师。

踏过陆地，哪怕，他已站到了船梯上，他望着眼前的城市，望着陆地，良久，折身回到船上去。这是我最爱的电影，1900 站在船梯上的挣扎、选择、思虑、想象、担忧……我能感同身受，一种无法把握的未知带来的怅然绝望。然后折回身去，一身轻松，回到自己的世界里。

我深信，每个人都是有边界的。

而酒，便是我的边界之一。我知道它在那里，知道很多人享受它，知道它的奇妙，知道它是个好东西。

可是，我享受不了。我们并未真实交集。

我只是在想象它，想象它微醺，想象它春风化雨，想象它暗夜生香，想象那么多人迷恋它、喜欢它，恐怕那种微醺便是“极乐”。然而，于我来讲，此路不行，我只能另辟蹊径来实现我的微醺和极乐。

我喜欢我是有限的，是有边的，就像不会生要练出酒量一样。这样，我才清晰自己的位置。

才准确地知道生活中，什么用来享受，而什么用来想象。

端午

我始终觉得用中国的传统古法来计时是件很浪漫的事情，比如二十四节气，且不说对应农作时节，单凭名字叫起来都非常浪漫，芒种、谷雨、惊蛰、小暑、霜降、大寒……诸如此类。而中国传统节日的名称，同样浪漫异常，比如——端午。

端午，顾名思义，端为开端、初始的意思，端五即初五，按照农历的天干地支历法，五月即为午月，所以演变而来的端午便是五月初五的意思。今天大家说到端午节，广为流传的版本是说为了纪念大诗人屈原。其实还有其他版本，也有的说是为了纪念伍子胥，也有的说是为了纪念孝女曹娥。不管是纪念谁吧，总之这几位最后都死在江水里，所以人们向江中抛米食避免大鱼小鱼来啃噬这几位的尸体，说来是件很悲伤的事情。

我个人认为，这些解释的版本，产生于有了比较完善的人类社会文明之后，也就是当人类社会逐渐形成且完善之后，人们开始对精神层面比较有追求，比如纪念屈原、纪念伍子胥、纪念孝女曹娥。相对来讲，更让我着迷的是比这更原始的版本。

也就是从人类原始的自然发展历程来看，众所周知，端午这一天有“五毒”之说，“五毒”即蜈蚣、蝎子、蛇、蟾蜍、壁虎，在

当时的生存背景下，既没有好的防护设施，也没有有效明确的医治方法，所以，“五毒”是非常可怕的事情，几乎性命攸关。单从沿至今天的端午节的“驱毒避秽”的说法，端午从古到今，都是“毒气”很重的，比较不吉利的一天，所以端午这一天素来有“恶日”之称。

放到现代，虽然“五毒”早已远离人们日常生活，但五月仍然是虫叮鼠咬开始猖獗的时候，再加上季节更替，天气骤然转暖，气候一下从春天进入夏天，人体也会有各种不适，比如上火，比如气虚，比如多汗、多梦、睡不踏实等。倘若退回到古代，恐怕要滋生更多的疑难杂症，加上当时的医治手段有限，幸运的小病一场，不幸的，因此送命也是常事。所以，我觉得在人们心目中，驱毒护体其实是比纪念谁谁谁更直接、更重量级的事情。至于纪念屈原还是伍子胥，不外乎都是人类社会比较文明时出现的精神寄托，说明人们的思想逐渐进步了，有了更高的精神追求。

流传至今的关于端午节的各种民俗，显而易见地，几乎都是关于驱毒除秽的，比如雄黄酒，比如艾叶，比如菖蒲，等等。

二〇一五年的农历和公历差得比较多，公历年已经过了一半，农历才五月初，所以这一年的端午比往年的端午更燥热一些，人便经常觉得不舒服。想起小时候的端午，这时节几乎都会赶上下雨，在五月初五这天早上，奶奶便给我搓了五彩绳，然后在手腕、脚腕上都系一圈。除此之外，爷爷会扎个小扫把给我挂在脖子上，就是扫除坏东西的意思，同时还会系个小葫芦，即保福禄，总之就是驱害求福之意。

我小时候对过端午是分外憧憬的，因为喜欢绑五彩绳，喜欢爷爷扎的小扫把，觉得这些都很有趣，虽然现在回想起来实在粗糙，但孩提时代仍然为此激动异常。更好玩的是，开始跟着爷爷去买粽叶，买江米（南方叫糯米，北方叫江米），包括买扎粽子的带子。我小时候不知道那是什么，直到长大后有一天恍然大悟，那个扎粽子的带子其实就是马兰花的叶子，又细又长。而马兰花，同样是小时候的心头好，蓝蓝紫紫开起来很漂亮，清雅，在红粉成群中颇有点君子的意思。最得孩童喜欢的是折下来可以吹响儿，对于现在的孩子来说，怕是很难再亲身体味到了。

挑粽叶也有讲究，要宽而长，但又不能太宽，太宽会富余太多，包出来不好看，而太窄的话，盛米则极易漏出来。北方的粽叶几乎都是芦苇叶。提到芦苇叶，芦苇荡也是我喜欢的，不管是芦苇花还是芦苇棒，都是儿时欣喜的玩物。孩子们经常折下芦苇棒相互对击，一边打那些毛絮一边散，随风散一路。我小时候经常去田里折芦苇棒，折几支拿回家插起来，但最后不免干掉。

包粽子的相关什物都买回家后，便是要用水泡。江米要泡，芦苇叶要泡，马兰叶子也要泡，因为泡了才会韧，包起来的时候才不会裂开。而江米泡的时长则直接影响粽子最后的口感，时间短了便不够糯，时间长了则又太黏不够弹。

我喜欢看我爷爷把江米、芦苇叶、马兰叶分别通通浸到水桶里，

在我的记忆里，那就是孩提时代生活的味道，一种缓慢的、程序的、仪式的、散发着自然香气的味道。我总是很着急，着急包粽子，爷爷说不行，还没到包的时候。那时候我总是不以为然，觉得赶快包啊，快让我玩啊。如今想想，这个等待“时候”的过程，多么神奇，是人与自然的一种链接，人要学会等，学会拿捏火候，自然才会给你恰到好处，才会给你香醇扑鼻，才会让你不失望。

但我小时候总是免不了搬着板凳在水桶旁边催，一会儿捞起来问一遍好没好，爷爷总说没好。奶奶则负责洗红枣和泡红豆，我小时候在东北吃的粽子都是甜的，没有咸粽和肉粽一说，家家户户包的粽子几乎都是一个样子，就是放红枣或红豆的甜口。至于咸粽和肉粽，是我长大之后去南方才吃到的，最开始觉得南方人不可思议，怎么可以把粽子包成咸口的，可是买来一尝之后，瞬间爱上，立马倒戈跑到了咸粽阵营。

如今的粽子多种多样，甜的、咸的、枣泥的、红豆的、绿豆的、百合的、蜜饯的、腊肉的、香肠的、火腿的、蛋黄的、瘦肉的，还有蘑菇的、扇贝的、鸡肉的……五花八门，而且都可以做真空包装，放上几个月完全没问题，实话说，味道是比小时候丰富多了，但我还是怀念小时候跟爷爷奶奶一起亲手包粽子。

包粽子跟包饺子一样，一个人包出来一个样子。奶奶夸自己包得好，爷爷提起自己包的粽子到奶奶眼前示威，我也不甘落后，但总是包了拆拆了包，反反复复，因为总是会漏掉。手艺好的人，会包得大小均匀，形状一致，连里面放的大枣红豆的位置都一致。换到今天批量生产的真空粽子，其实都包得很规整，结绳也扎得紧实。只是，在我心里，那些打得规规整整的结绳总是比不上那一条条马兰带子，那是来自另外一种植物的气息，来自另外一种生物的热忱。

待到端午这一天，奶奶早早就起来煮粽子，同时，还要煮鸡蛋，然后拉起仍然睡眼惺忪的我，拿着热乎乎的鸡蛋绕着我的身体滚一圈，然后让我剥了吃。这也是驱邪消灾的意思。用民间的话说，小孩子容易招一些不干净的东西，所以吃鸡蛋前，小孩子要拿鸡蛋滚一滚，大人则不用。同样，小孩子系的五彩绳和脖子上挂的葫芦和小扫把之类，大人也不用。时至今日，每年端午，我还是会系五彩绳，或许，这是对童年的一个念想。

遗憾的是，在端午后下第一场雨时，奶奶就会剪断我手上脚上的五彩绳还有脖子上挂的东西，一起扔掉，意思就是那些坏东西已经全被它们吸走了，它们的使命完成了，所以要光荣下岗了，可我心里总是舍不得。下岗也是有仪式的，不同地方有不同的处理方法，有的地方是烧掉，而在我们那儿，要扔到雨后的车辙里。所以，在我的记忆中，童年的端午节前后好像总是有雨的，关于端午节的味道，就总是潮湿温热的。早上半梦半醒中，就有从灶台弥漫开的湿热的气息，潮湿的粽香气，热腾腾的鸡蛋的气息。若是不巧赶不上下雨，丢到车辙里也可以，但柏油马路车辙也少见，便可丢到路旁的阴沟里。

端午节这一天，家家户户还要在门窗上插艾草，房间内的门上要挂彩葫芦或木葫芦，也可以挂木斧头之类，本意都是驱害求福。北方没有赛龙舟一说，因为北方少有水，因此北方人水性普遍也不及南方人水性好，但滑冰之类，则是北方人更为擅长，这便也是我们平时所说的天时地利。

关于端午，南北方民俗大有不同。南方人赛龙舟、击鼓，尤其不可少的是洒雄黄酒，在小孩儿头上点一点，或者大人直接喝。雄黄酒的桥段，在白娘子与许仙故事的演绎中，表现得再淋漓尽致不过。

近年来，国人尤现日本旅行热，而去日本，选端午节则是个好时候。但与中国的农历端午不同，日本的端午节是指公历五月五日，日本的端午节被视为男孩儿节，所以这一天家中有男孩子的都会挂出鲤鱼幡，挂在一起非常美丽且壮观。

自打爷爷家搬离乡下后，我就再没吃过自家手包的粽子了。前几年有一次赶上端午放假我回去，怂恿爷爷去买江米买芦苇叶包粽子，奶奶在旁边第一个反对，奶奶说自己包的哪有买来的好吃。是啊，买来的种类口味那么多。我仍不死心，仍鼓动爷爷包粽子，结果爷爷说了一句："老了，包不动了，没那个精气神儿了。"我良久没说话，瞬间觉得很失落。

也许，有些东西一直在激动人心地向前，与此同时，那些抛在身后的，则越来越远，直至消失，比如传统的民俗，比如古法的手艺，比如生命，比如时间。

专心吃蟹

天长风暖，下班的时候，天色还亮得很，走到楼下时刚好有人在折榆树钱儿。可能好多人不知道榆树钱儿是什么，简单点说就是榆树的果实，看着像叶子，其实可以吃。我第一次吃榆树钱儿还是小时候被小伙伴告知。他们都爬树，然后撸下来吃，我说这可以吃吗，他们说可以啊，好吃着呢，便丢给我，一尝，真的还不赖。回家献宝似的跟大人讲，像发现新大陆一般，我说你们知道吗，榆树钱儿可以吃啊。大人回应当然可以吃啊，我们小时候经常吃。看他们那个理所应当的表情，真是扫兴。

但吃榆树钱儿恐怕那是唯一一次，小学六年级时搬了家，便再没有榆树了。现在住的地方倒是有好多榆树，我尝试过两三次，打开厨房的窗子能不能够到窗外的榆树，事实是不能，还是离得很远。我一个人在厨房时经常望着窗外的榆树发呆，因为它们太高太大了，比整栋楼还高，真不知道长了多久。

时隔这么多年，再见有人折榆树钱儿吃甚觉亲切，不觉笑出来。赶上正是傍晚，饭菜香气从各家灶台飘出来，烟火正浓，不知道他们拿回家去是洗净了直接吃，还是凉拌白糖，抑或拌醋，或者做饺子馅，或者拿来摊鸡蛋饼。

前段时间有姑娘来北京出差，同是当年给青春校园类杂志写稿的作者，姑娘还在写，已然是颇有名气的畅销作家。姑娘问我你现在干吗呢？怎么好多年不见你写东西了？我说我在专心写吃啊！姑娘感慨地说，这什么情况啊，写言情小说写诗写卷首的青年才俊开始埋头写吃了？不止一人对我说过这句话，说实话，最开始我写吃只是写着玩玩，但越写越有感情，且越写越着迷，很多幼年往事、少年趣味、成年后漂泊都随着吃食游至笔下，比如故乡，比如他乡，比如今朝好友，比如昨日故人。

比如，那些一切一去不复返的美好时光，像带着回忆格式的图片，胶片的，暖暖的，亲切的，让人柔软的。

由此，一篇接一篇，一发不可收。

甚至可以说，写吃食的这个系列，是我写得最用心、最认真的，他日成书是好意思拿出手来赠送友人的。至于自己过往写男欢女爱的那些零零碎碎，总让我觉得登不上台面。前几天跟人聊天，我说，有的作者十八岁可以写十八岁，五十岁仍然可以写十八岁，而我，只能十八岁写十八岁，眼下，三十岁写三十岁。

对于一个三十岁的人来说，什么重要呢？

吃！因为吃里有生活，有四季，有人情，有一切柔软美好，而不是早年那些爱恨情仇的支离破碎。张爱玲有一句话叫低到尘埃里，我借鉴来用，改成低到日子里，低到柴米油盐酒茶花里，未尝不是美事。

想想一个三十岁的人要醉心于什么呢？

谈恋爱肯定是不行了，你当然可以恋爱，但很难醉下去。

如果十八岁时有人上天入地追我，我会沾沾自喜，甚至会被打动，而如今，有人这么追我，我会觉得对方心智一定有问题，要不怎么能干出这种事来呢？

同样，那些纠缠撕扯热爱追思也远了，我们觉得昨日那种姿势实在不雅，还是简单轻便地来句“嗯，就这样吧”就好，翻译过来，只能是“好走，不送”。

我们不会再为谁在爱情中离开而撕心裂肺了，尽管偶尔会渴望，但说实话，至少我已经不具备这个能力了。

能让你撕心裂肺的，只有胃，也便只有吃。

胃满足时，你便觉得人间春色满是幸福，胃难受时，你就躺床上打滚或者拎着钱包打车去医院吧。

我也不是个醉心工作的人，相比努力上进，我更喜欢游手好闲，我从不觉得游手好闲是个贬义词，相反，无限向往。于我来说，工作只是生活的一部分，而认真把事情做好，只是为了体现我最基本的认真生活的态度。

醉心交际？我从小便独来独往，长大后的诸多旅行也是我自己一个人去。我不喜欢跟人协商，并深觉一个人才圆满，因为两个人意味着你的世界要被打破，要纳入他人，同样，你也要努力融入其他人的世界里。

醉心玩乐？拜托，我倒是想，可不会总在玩乐啊，就算我想，我的银行卡也会爆的。

算来算去，只有醉心于吃，才什么都不耽误，恰到好处。

吃是一种安慰，一种补贴，一种自己对自己的问候和犒赏。

近日北京雾霾大得很，周末原定去植物园，未能成行。在网上犹豫半天，到底是买酱蟹还是醉蟹，苦于带一点酒味儿的东西我都无福消受，最终订了酱蟹。卖家广告打的是《来自星星的你》女神同款酱蟹，我看着网页笑得不行，果断下单。

顺丰包邮，次日送达，很鲜，非常非常鲜，鲜得不能配其他任何菜同食，其他菜食会瞬间失味。原本打算空口吃，却有些咸，只得拌饭。最后剩了大半只，扔锅里煮起，放冻豆腐和油鸡枞，口味翻新，蟹的鲜腥被豆腐吸去一部分，再由油鸡枞综合包裹，味道别致。我喜欢放豆腐和海鲜同煮，鲜豆腐或冻豆腐都好，因为豆腐最能吸味平衡，且汤头煮成白色时则是刚好。

说起我和螃蟹，倒是颇有渊源。小学时发过一次过敏性紫癜，整整住院一个月. 关于病因，我们家人到现在说法也不一. 我爷爷坚持认为是因为当时我高烧扎的针用的药过敏，我妈认为我是花粉过敏，还有一个原因，到现在我也没敢说，是因为吃了学校外路边摊的小螃蟹。我只记得当时家里大人问我有没有在外面乱吃东西，我一口咬定说没有。

海蟹、湖蟹、河蟹，我最喜欢的还是河蟹。海蟹固然鲜，但我总觉得吃起来最香、回味最好的是河蟹，可能也是一方水土养一方人，因为从小家中常吃的便是河蟹。东北盘锦的稻田河蟹是很有名的。

北方的十月，正是虾肥蟹满的好时节，一只只熟得顶盖，也正是学校放假回家的时候。我妈便买了一堆，也常有人送，便将这些横行的蟹一股脑儿倒在水池里冲洗，但实在霸道，爬得到处都是。我妈妈不敢捉，妹妹吓得哇啦哇啦躲，我妈看我一眼说：“好女儿，你来吧。”我便甩给她们一个鄙视的眼神，然后挽起袖子满地捉螃蟹，扔到高桶里，再把盖子压住。所以每年煮螃蟹，都是一景。

横行的蟹子们被扔到蒸锅里煮上一会儿就晕了，起初还能听见锅里哗啦哗啦的声响，慢慢就安静了，只有水汽的声音。煮熟后，调蘸料，或空口吃。我们家习惯空口吃，因为实在鲜，用蘸料反而会掩了味道。

但那时，我是不怎么吃蟹的，确切点说，是不怎么主动吃。

满满一盆的螃蟹，我妈说，你吃啊。我说，不吃。我妈说，怎么不吃呢？我说，我吃螃蟹头晕。我妈看了我一眼，干脆利索地掰好两只摆到我面前，说，吃吗？我说吃！

这招屡试不爽，到后来，沿用到历任男友身上。每次剥虾或掰蟹，我都会讲这件旧事，他们瞬间会意开始动手，干干净净弄完后再拿给我。当然，仅限两个人在场时，人前秀情深这种事我是干不来的。

我有个很大的缺点，就是没什么耐性，正因如此，反倒给自己找了些消磨工夫的事情，比如啃鸭脖子，比如抠山核桃，比如吃蟹，这些都是需要耐性来好好吃的东西，尤其是山核桃，家里

北方的春寒太长，
理应以酒进蟹。
可惜，
我是滴酒不沾的人，
只能以花相配。

时常想，
此生最大的遗憾也许就是不能大醉一场。

人嫌麻烦，通常都留给我，我经常坐在桌子前自己能抠两个小时。

记得网上曾经有个上海姑娘示范吃蟹的视频，什么剪刀、蟹钳、撬刀、锤子、钎子齐刷刷一套，别说用，作为北方姑娘，这些东西我见都没见过。上海姑娘吃得着实漂亮干净，不浪费，吃完还能全部复原。不像我每次都吃得满手油汪汪的，但心底觉得这样直接拿手掰来吃味更好。

蟹子的通常吃法是蒸，因为生食过于腥，很多人吃不惯。虽然腌制的过程也颇为有趣，且有点古味的意思。我一直觉得腌制醉蟹是件颇为浪漫的事，可惜自己无福消受。蒸食便是最简单不过，通常居家便可以随手蒸来。而关于爆炒，这里面放的酱料就颇有讲究了，既要入味，又不能盖过蟹子的鲜，通常只有餐厅做，自己做容易失手，糟蹋了好蟹子。

除了以上几种，我自己通常是拿蟹来提味，比如煮汤，比如下面。上海的膏黄拌面每每想起来都让我咽口水，实在是太好吃了！可惜我自己做不来，只能盼着去上海吃。

很多人自称“吃货”，虽然我也这样调侃自己，但我深知自己离地地道道的“吃货”还差得远呢，不过是多贪几次嘴。对于食物的精髓和饮食文化，根本就是个门外汉，连门都找不到在哪儿。当然，我也并没有致力于做个专业的“吃货”，就像我说的，我只醉心于吃，仅此而已。

好好地吃一棵春笋。

好好地吃一只螃蟹。

好好地吃一个山核桃。

好好地吃一朵西蓝花。

我只能让自己专心于此，而不是研究，其背后源远流长的饮食、地域、民族、历史文化，岂是我三吃两吃便能吃出来的？

也许你专心做一件复杂的事，很容易，因为需要你注意力高度集中。但专心做一件简单的事，是非常困难的，比如禅修的“打坐”，专注你的呼吸，我曾试过，太难了，几乎不会超过三秒钟，脑子里就会有各种远的近的相关的不相关的念头跑来跑去。

活到三十岁，明白人生何其复杂，世界何其大，而一己之力是太过有限的，求无限等同无解。为了让自己能稍微快活一点，不那么善感多思、枉自嗟叹，只能不断提醒自己尽量做些简单的事。

比如，专心吃蟹。

什么都不要想。

可是，这依然太难了。

外婆的清明

外婆是到目前为止我的亲人中唯一离世的一位，当然，不包括外公在内。

我对外公没有任何印象，据说是我一岁左右时，外公就去世了。我与外公的关联全在旁人的描述中，即便如此，我们也没有太多关联。没有人告诉我外公生前很喜欢我或总带着我之类，所以，我对外公是没有什么感情的，因为没有任何印象。对我来说，“外公”只是一个我从来都没叫过的称谓和从未出现的亲近角色而已。

如果真的要说有，恐怕是在大人后来的描述中。据说外公去世的那天晚上，我格外安静，平常每天都哭闹得厉害，唯独那天晚上平静得很。由此看来，万物有灵，生命之间的互通与感知，想必是存在的。

一个人的记忆能追溯到什么时候呢？

我甚至很难记得过去的自己是什么样子，十年前，二十年前，就算能记得，也只是片段，零零碎碎，他人的描述，自己的努力回想，再加上想象推理的加工修饰，如此而已。所以，我们信以为真的记忆未必是可靠的，何况婴孩儿根本就没有记忆。我甚至觉得十岁之前的事情，我都不大记得，倘若我说记得，那也多半是后来听大人反复描述，才有印象，才觉得，哦，那是我的事，那是我。

由此可见，人是很怪异的东西。我们本身不记得自己的事情，要通过他人的描述来反复确认，增加印象，然后说，哦，那就是我，可那到底是不是真的，我们可能很难自证。

我小时候一直认为我有辆红色的摩托车，这印象一直到我长大之后。有一天，我问我妈我小时候的摩托车后来给谁了，我妈说什么摩托车？我说我小时候的红摩托车啊，我妈说你小时候哪里来的摩托车？我给我妈描述我的小摩托的颜色、细节、大小，以及我早上偷偷起来玩摩托被她阻止的过程。我妈听了半天，然后说："你就故意吓我吧！"

嗯哼，我妈没有意识到，她的女儿可能偶尔有臆想症。

总之，人的记忆是不可靠的。

就像此刻我来回忆外婆。

事实上，我对她也知之甚少，而且，我们也并不亲络。

妈妈生了妹妹后，外婆来到我家帮忙带妹妹。当时父母在外地做生意，家里只有我、外婆和妹妹。对这个安排，我很是不满。因为在有妹妹之前，我家里一般是空着，我常年生活在爷爷家，但由于妹妹的出生以及外婆的到来，迫使我必须回家去陪她们同住，因为家里只有老人和婴孩儿的话，实在是不那么安全，尽管

我当时也不大，但毕竟，还是可以壮壮胆的。

或许我妈的厨艺，就是从我外婆那儿延续下来的——就是没什么厨艺！印象里，我也不记得外婆会做什么好吃的，对于一个不足十岁的孩童来说，一个本就不亲络的老太太，又没有一技傍身，突然到家里来，而且偶尔你得配合她，显然是压不住场面的！

外婆是颇为传统的老妇人。幼年失恃，继母来到家中后，颇为难堪，活脱儿旧社会版的灰姑娘，明明是自己家，因为继母和继母亲生的孩子的缘故，自己倒成了寄人篱下。寄人篱下的灰姑娘最后搭上了王子以脱苦海，但我外婆没有王子可搭，只是安安分分地听从继母的安排，嫁给了一个乡下人。要知道即便在那个年代，城里的姑娘有几个会嫁到乡下的？

外公是乡下人，只是在城里务工，就这样，务了一个城里媳妇回乡下。

从大人嘴里，零星可以拼凑出，外婆来到乡下后早年还是过得比较幸福的。外婆在世时，我父母经常吵架，外婆劝和后就会偷偷跟我感慨：“我跟你姥爷，这辈子也没吵过架，没红过脸。”由此可见，两人该是相敬如宾，比较和美。

我妈说她从小家教非常严厉，外公在世时不许他们与旁人打架谩骂。有一次我妈和小舅舅在后院玩，两人玩疯了哇啦哇啦叫半天，忽然被我外公拎进屋子里，让他们跪下。两人不知就里跪了半天，人小也不敢吭声。后来，我外公说：“你们知道错了吗？以后还吵不吵架？你们可是亲姐弟啊，一家人啊！”两人这才明白外公误以为他们打起来了，莫名其妙跪了半天，说冤也晚了。

一个人的性格思维形成，跟自小的家庭氛围有莫大关系。外婆小时候在继母身边长大，自是万事小心恪守本分，勤快异常又不敢多言。同样，这些或多或少延伸教育到我母亲身上，以至我母亲的性格也是愿打愿挨。或者，在她们的观念里，这便是女人应该充当的角色，幼时从父，成人从夫，老来从子。

想来我外婆到我家时，也应该是万般看不惯我的。我根本是个小恶霸，究其前因，我在其他文章里提过，就是爷爷奶奶一手娇惯的。

外婆让我帮忙择菜，我晃晃荡荡甩手走了，去爷爷家，到了还不忘告一状，说外婆让我干活儿。

外婆让我帮忙照看妹妹，我还是晃晃荡荡甩手走了，去我爷爷家，大摇大摆再告一状。

外婆让我自己洗衣服，我告到我奶奶那儿。我奶奶立马火冒三丈，说："反了，还敢让我大孙女自己洗衣服！"

总之，外婆让我做的所有事情，一概遭拒，就算勉强答应了，也是一脸不情愿。

由此，我跟外婆之间的"过节儿"是自不会少的。外婆不能明白为什么别的孩子都可以使唤，我却不行，而我不能明白，为什么她要使唤我，凭什么？

我们同住，却不能彼此理解。

在我那时的印象里，只知道外婆是个很爱干净的人，同样，是个很“事儿”的人，为什么我爷爷奶奶都不让我做的事，她却来指挥我？

其实收服一个孩子，特别简单，只要你让他觉得你很厉害，你很高明，比如你会耍魔术变戏法，比如你会做各种好吃的来馋他。

很遗憾，这些我外婆都不会。

所以，她也收服不了我。唯独能让我感兴趣的，就是她养花养得好，林林总总，高的矮的，大大小小，埋在土里的，长在盆里的。每到夏天，我家院子里便满是花，墙台上也摆满各种花，连做的雕花门拱上也爬满外婆特意从别处要来的牵牛花，不是普通的牵牛花，而是大牵牛，深紫色，硕大，滚一圈白边，比路边那些普通的牵牛要好看得多。外婆勤快，家里的菜园子种了各种菜，老人心思也美，种的时候参差着品种种的，高低错落有致，不至于一荒荒一片，茂盛时又挤得慌。

可是，菜园里的这些花果、蔬菜，能吸引一个孩子多久呢？

我常常在院子里玩着玩着就烦了。玩烦了干吗呢？捉蜜蜂！我小时候没少捉蜜蜂，因此也没少被蜜蜂蜇，很小的时候蜇一次哭一次，大人哄完告诫完之后，继续抓，继续蜇。直到我外婆说，你拿火柴盒扣过来，一推就扣住了。就因为这个，我第一次觉得这个老太太还真聪明！

外婆一生俭朴，自小隐忍压抑，再加上那个年代贫瘠，自然不会搞什么花样。说来神奇，我妈经常感怀说，即便在饥荒年代家家缺粮食，他们兄妹姐弟也从来没有饿过肚子，陋食果腹，素衣蔽体，纵使吃食简陋，他们仍饱腹长大，没有影响发育，所以我妈妈他们一拨个子都较高。相比之下，我奶奶家当时据说相对富足，至今父辈们偶尔会抱怨奶奶当年囤了粮食去换布料做大衣，儿女们只能吃粗食。

外婆到我家后，仍然居家饭菜一切从简，对此的失望，我到现在还记得。通常放学后我先到家看一眼，然后问她做什么，她答后问我在家吃吗，我说不啦，我去我爷爷家吃！倘若是我喜欢吃的，我便留在家里，但这种情况极少。外婆通常只炒一个菜，因为家里只有我和她，这在我的观念里，是让人气愤的。

我开口让外婆做的东西都极为简单，因为太复杂的她不会，而今想来，是因为她压根儿没吃过啊。

外婆拿手的有三样，蒸花卷、鸡蛋羹、鞑子饭。

蒸花卷和蒸鸡蛋羹再平常不过，很多人都会。但我长这么大，觉得蒸花卷蒸得最好的是我外婆，好大一只，热气腾腾，棱角分明，非常有层次感，松软，一拉花式便能轻松扯开，我最喜欢拿外婆蒸的花卷蘸白糖吃。

上学前的早饭通常便是蒸花卷和鸡蛋羹，或者蛋炒饭，这是

我外婆做来我觉得还好吃的东西。至于她炒的菜，虽不难吃，但跟好吃也没什么关系。外婆蒸鸡蛋羹和炒蛋炒饭都会放葱花，这是我超讨厌的，屡次抗议，但抗议无效，外婆坚持她的“搁油不搁油葱花打头”，她深信无论做什么，放葱花才会有味道。所以，每次我都很费力地把鸡蛋羹和炒饭里的葱花细细碎碎都挑出来，一边挑一边生气。

外婆做的鞑子饭堪称一绝，之所以这么说，是因为家里再没有其他人会做。其实说来也非常简单，就是正常的煮饭，只是把煮饭的水换成肉汤。把猪肉、生姜切末，炒熟，之后添水，煮汤，加作料，待汤烧沸入味后，拿这个肉汤来煮米。也可放羊肉末或牛肉末，外婆通常是放羊肉末，开锅时膻味很重，但越闻越香，越吃也越香。

米饭香软，油汪汪的，带着肉里煮出来的油香，带着姜的调和。每次外婆说煮鞑子饭时，我都眼巴巴在家等着哪儿也不去，我爱吃，妹妹也爱吃，每次两人都吃好多。鞑子饭的软硬度介于干饭和粥之间，有一些软糯，三两下吃掉一碗太容易了。

但这仅限于我们三人共同生活时，待到搬家后与父母在一起，每顿饭吃什么，都要听我爸的。纵使外婆生性再俭朴，对于这个难伺候的女婿，也不得不小心翼翼地多做几个菜，还得讲究营养，还得讲究配色。

得知外婆去世时，我人在南方。

我妈问我回不回来，我想了想说，回不来。我妈很生气，想必她很失望，挂了我的电话。但那时我是真的回不来，买火车票太难，买机票的话我不好意思张口问父母要钱，而我自己手里一点钱都没有。

还有一个更真实的原因，或许，就是因为我们真的没有那么亲吧。我一直以为我对她是没有什么感情的，我们只是生活在一起，仅此而已。从小她没带过我，我们来往并不多，待到生活在一起时，我们所有观点几乎都相左，虽不讨厌，但彼此难以亲近。记得有一次跟外婆一起逛商场，外婆看上一套衣服，自己掏钱买了一套，而我掏钱给我奶奶买了一套。卖衣服的人说这孩子真孝顺，外婆说，哎哟，人家是给自己奶奶买的啊。

这件事让我惭愧很多年，尽管我当时不大，但多年以后我总在想，或许那时候我同样给她买了，她是该觉得很安慰的。

我从初中起便住校，很少回家，平日往家里打电话也从未让外婆接过，只是随口问问她而已。我们之间，始终有着亲近的血缘关系，但实则生疏。待到高中时，稍微懂事一点，放假回家听外婆唠叨说胳膊总发麻，那年代没有淘宝，但有很多购物的小册子，我按照上面的描述给外婆买了一只带磁疗的镯子。也不知道是否真的有用，但拿给外婆时，外婆很开心，每天晚上睡觉都戴着。

外婆二〇〇七年去世，时至今日，已经八年。八年里，我没有去过她的墓上，没有去看过她，不是我不想，而是我回家时间

太少，赶上过年，由于家里长辈有讲究，说未出阁的姑娘不宜正月里去墓地这种地方，便屡次都作罢了，但求身边人心安吧，其实我自己倒是没什么忌讳的。

只是从外婆去世那年开始，我每年都到寺里烧香，最开始是希望她可以安然去个好地方，再后来，便是为日渐年迈的爷爷奶奶祈福了。直到眼下，我每次去烧香时，也都记得当初为什么烧香，都会想起外婆，想必像她这样的好人，该是去往一个好去处了吧。

说实话，外婆的离世，让我觉得对她来说是种解脱。也许，这是我个人认识的偏颇，但我真的认为如此。

幼年受委屈且不说，从外公去世后，外婆便一直“寄人篱下”。尽管那是她和外公的房子，但因为跟儿子儿媳生活在一起，以上种种，已然看出来我外婆是个逆来顺受的人，日子过得不算舒心。等到我家后，任劳任怨，我爸妈忙于做生意，家里洗衣做饭买菜带孩子的事情便全权交给外婆。我妈是个干净人，在家时一天擦三次地板，外婆心疼女儿，便也都一人代劳了。

那时我已赴外地读书，常年不在家，妹妹正长大，开始学着不听话和顶嘴，自然不敢跟父母顶嘴，唯一好欺负的便是外婆。当然，这些外婆自然不放在心上——毕竟是自己一手带大的孩子，但时隔多年，妹妹与我每每提起来，总是心有愧疚，怪自己当年太不懂事，为什么不对她好一点。

外婆有眩晕症，坐车便晕车，因此，外婆除了在当地转转，再未到哪里去过。尽管有那么几次，外婆请求妹妹说希望妹妹能带她到邻市去逛逛，但被妹妹拒绝了，妹妹那时还小，只说你晕车这么厉害，怎么办？我当然明白外婆心意，但到底是怕麻烦，也便没有搭话，只当跟自己没关系。

想想一个老人，为了帮子女带孩子，背井离乡，在一个全新的地方开始全新的生活。外婆不善交际，性格内向，不像我奶奶四处都能结识人缘。我奶奶做老年操、跳广场舞，跟着一帮老太太去旅游，去听健康课，连跟卖货的小姑娘都能聊得滚熟，这些，外婆全不参与。

而今想来，外婆自来我家后，就像孤岛一样，唯一的安慰便是看着她一手带大的孩子平平安安地成长，没事儿跟她起起腻，没事儿跟她拌拌嘴。

我父母经常吵架，夫妻失和，外婆夹在中间，只能软软地劝，没有权威。换作我奶奶的话，早就全部骂出去，但我外婆只能无能为力，干着急地在旁边跟着哭。赶上火气大，也常让老人下不来台。

总之，外婆的去世，让我觉得于她来说，该是个解脱。她终于不必再这么辛辛苦苦地寄人篱下而活了，尽管看上去什么都不缺，但战战兢兢一生看人脸色的日子，终是难过。

忽而八年。八年里，我从成人到成熟，从不谙世事到人世百味略懂一二，开始懂得珍惜眼前人，可是，这个世界里，不再包括外婆了。

前段时间给爷爷奶奶打电话，在电话里说希望天暖之后，他们可以来京，毕竟年岁越来越大，恐来日行动更是不便，体力不支，趁着身体尚算硬朗，邀他们来走一走。

如果外婆在世的话，我也会邀她来，不管她的眩晕症会给我带来多少麻烦，只希望她不要太过难受便好。

我始终记得读高中时，我一心想去美院，父母极力反对。某次我在家翻杂志时给外婆看上面超模穿的服装，我说好不好看？外婆说好看。我说我想学，外婆说好事啊。外婆说多好看哪，学好了，将来自己走出去，说不定还能出国。

这个看似最最没有主意没有想法没上过几天学的唯唯诺诺的老人，在所有人都对我 say no（说不）的时候，她跟我说很好！

我忽然想起每次过年时，外婆都会给家里人挨个说吉祥话，祝我父母生意兴隆身体健康，祝我和妹妹学业有成天天向上。每次我返校时，她都把包帮我提到门口，然后在我身后喊一路顺风。

在我熟悉的门里，那个我熟悉又生疏的老人，某一次，忽然就消失了。

我想，她肯定早已经到了一个好去处。

那个地方，没有继母，没有委屈，没有不肖子孙，没有辛劳，没有眩晕症……

全世界最幸福的去处

在微信朋友圈发了晚安，此刻按计划我应在沉睡中，每天晚上能早早入睡对我来说是个奢侈的幻想，睡觉对我来说是件太难的事情。

就像此时此刻，我脑子里肆意奔腾欢悦的是千里之外的海鲜市场，全世界最幸福的去处！

在去三亚的海鲜市场前，我是不那么爱海鲜的。我的家乡不在海滨城市，既不靠海，也不靠山，所以，对海味和山中野味都没有太大感触。都说靠山吃山靠水吃水，我也常羡慕那些自小在海边长大，挖了蛤蜊小虾在水里冲一冲涮一涮扔进嘴里生吞活吃的人。但在我的成长过程中，这一幕是不曾出现过的，因为根本不具备天然条件。以至于说是海鲜市场，无非多卖了几种鱼蟹，旁边卖牛羊肉的案子倒是几倍长。在我眼中，这根本算不得什么海鲜市场，海鲜市场首先就是要有“鲜活”范儿，没有这个，怎么能称得上是海鲜市场呢？

但在不靠海的城市，这种鲜活是不现实的。即便吃到，也不是第一时间现做现吃的，那些养在饭店水族箱里的鱼鱼虾虾早没了精神，只不过是赖以苟活随时待下锅罢了。

所以，在此之前，我对海鲜世界是完全无感的。

直到去了三亚的海鲜市场。为了虔诚此行，特意空出了一天，取消了其他行程，完完全全用来逛海鲜市场。睡到自然醒，几近中午，天气好得很，云朵在阳台上像个甜甜圈。我和妹妹以及朋友收拾停当出门，之前搜了下第一海鲜市场的位置，出公寓到马路对面坐公交一直走就能到。妹妹虽在三亚读书，但是一次也没

去过海鲜市场。

果然不让人失望，满满当当目之所及全是海鲜，各种鱼类、蟹类、虾类、贝类，叫得上名叫不上名的——大多叫不上名，只能分个大概。我跟朋友分头行动，各自采买。一边逛一边挑一边玩，朋友说你倒又找到好玩的了，我说是呀，没办法，我就是个爱逛菜市场的人，闻着那些清新又不同的味道觉得生活好充实，何况眼下是海鲜市场，件件是活物。

而且我有个毛病，爱养一些乱七八糟的东西，说是养，无非也就是不会处死它们。曾在鱼缸里养了两只海螺，一公一母，还生了一只小海螺，朋友都称神奇，但养了几个月，最终一家三口还是都挂掉了。然后又换种海螺来养，海螺死了又换了虾米，虾米死了又换了螃蟹，而且不是观赏蟹，朋友说送我观赏蟹，我说不要。我就是喜欢养这些没来由的小东西，觉得自己好有生杀大权。当然，在此过程中，人之本性是可以充分得到体现说明的，至少我会挑最漂亮的海螺、虾子、蟹来养，这就是活生生的长得美的好处，难道还不足以说明吗？

把我放在海鲜市场，我绝对认为是要比海洋馆还有趣的。也不知道它们从哪里来，都噗噗噗地吐着水泡，还不知道自己即将下锅成盘中餐了。我每次动手的时候都会想它们会不会疼，肯定会的，但是，但是，为了姑娘我的口福，拜托它们就忍一忍吧！

买了几种虾和各种叫不上名字的贝类回家，还有三文鱼和北极贝，又买了海鲜汁和芥末酱，朋友问我要不要买其他酱料，我说不用。就这样，三个姑娘提着满满当当的海鲜和水果回家。妹妹负责洗餐具，朋友负责洗蔬菜，而我，负责收拾海鲜。

朋友边看我收拾边对妹妹说："看出来了吗？你姐才是个狠人！"

妹妹端着一盆脏兮兮的贝类问我怎么办，我说刷啊，妹妹试了试，说刷不干净。我想了两秒钟说拿过来，然后一只只捞出捉到案上，刀锋走平顺着缝隙推进去，稍用些力转手撬开，再起刀把肉剔干净泡到水里，壳直接扔掉。整个过程，干净利落，妹妹在一旁看得傻眼。

要知道，几分钟前这些东西还无比嚣张地对着这个小姑娘喷水！

妹妹说："姐，要么你来三亚吧？"

我说："你想得美！"

妹妹小我九岁，生活之于我和她的关系，就像这倔强傲娇的蚌之于我和她，她是被蚌喷的那个，而我，是手起刀落把蚌肉剔得干净利落的那个。同样，我理顺的，还有妹妹步我之后的成长。

我自小不在父母身边长大，由家中众人带大，再加上是长女，当时唯独我一个孩子，无疑众星捧月，从小说一不二，要什么大人给什么，父母难得回来一趟，对我心有亏欠，偶有不满也不说什么，搞得我唯我独尊长到这么大。也正因如此，直到如今我的性格行事也没有发生什么变化，依然我行我素，纯是天性使然，

冬季自然是去三亚的好时节，
渚清沙白鸟语果香，
温度刚刚好，
阳台上挂的云朵就像巨大的甜甜圈。

然而，
对于一个吃货小姐，
这一切美好，
都敌不过去逛海鲜市场。

我深知这是我生命中应该感激和庆幸的部分。

等到妹妹成长时，正赶上父母做生意赔得一塌糊涂，家中经济紧张，妹妹虽是年幼，依然能感到家中形势的“巨变”，再加上是在父母身边长大，更是处处受打压约束。所以在妹妹成长的过程中，我是其唯一指望和靠山。

妹妹自小说去学跳舞，母亲不许。妹妹央我去说，然后同意她去。

妹妹自小说去学小提琴，母亲不许。同样，我去说，母亲同意。

妹妹要买什么，母亲不许，我去说，母亲同意。

高中时妹妹要去外地参加补习班，父母不同意，还是我去说。

高中时妹妹要住在家里，而不是住学校宿舍，母亲不同意，还是我去说。

高考前，母亲仍然在外地跟父亲做生意，妹妹寄住在一位阿姨家。我打电话给我爸爸，我说让母亲回家陪读，我爸爸回复我的是：“你看，你从小不在妈妈爸爸身边，现在才这么独立啊！”我说：“我不在你们身边时，你们问过我吗？现在我是独立了，你让我回到你身边去我也不会。但当初我是被动独立的，这不叫独立，是你们扔下我不管！你还觉得这很自豪？”我爸无言以对，最后答应让母亲回来陪读。

而这些，我妹竟像个傻瓜一样浑然不知，直到有一次我们两个吵架，她才如梦初醒。她之所以能相对平顺地长大，是我这个姐姐多年以来斡旋的结果。

多年以后，妹妹还是妹妹，那个站在水池边被小小蚌贝喷了一身水，气得哇啦哇啦叫的姑娘。

而姐姐还是姐姐，那个站在案台前，沉静下刀翻腕开壳剔肉的姑娘。

关于每个人的人生，都各有得失。

被照顾的安于软弱。

照顾人的强于掌控。

我这般肆意，外人闻知我家有姐妹两个经常以为我是妹妹，因为我任性，殊不知只有长姐才会如此霸道！

身为姐姐，可以欺负弱小。

同样，更要照顾她们。

我给妹妹买衣买鞋，赠钱赠物，捉刀下厨，以及教她怎么做海鲜火锅。

我说，你在三亚得天独厚不吃海鲜吃什么，当然要吃海鲜。呀，自然要清汤锅，因为海鲜海鲜贵在“鲜活”，酱料太重会完全盖了鲜味儿，葱姜切段切片下锅底，放木耳、玉米、笋、菌菇，少盐，放几只虾和贝类做底料，不在吃，在入味，等锅再度烧开后才是正儿八经下海鲜。红白蓝黄渐次下锅，看那些七彩的虾熟了之后依然是七彩的，朋友忙拿了手机拍照发朋友圈拉仇恨，三个姑娘吃得肚子圆圆、香汗淋漓。

在我去之前，妹妹是自己从未开过伙的，一是不会做，二是

怕花钱，总是吃学校食堂，问题是身为北方孩子对海南当地的口味不是很待见，每次电话里总是跟家人哭穷叫屈说吃不好。我一边下海螺一边瞅了她一眼说：“以后再说吃不好，就是你笨了！”

我自出生后便由爷爷奶奶一手带大，初一时开始读寄宿学校，用我自己的话形容，完全是放养长大的。这么多年一个人独立生活，让我无论在哪里都如鱼得水，哪怕是到一个全然陌生的地方也完全应付得来，且很快就过得怡然自得、逍遥快活，想来这也算是神技能！

妹妹举一反三，我走后，自己又煮火锅海鲜面，又做各种汤，还把同学招到家中一起聚餐，偶有电话过来，问我炸酱面的酱怎么调。

我对生活的态度，便是生活始终不是在别处，而是在眼下。

不在你的抱怨和哀叹中，也不在你的等待和期盼中，而是在眼下。在眼下，穿着夹脚拖鞋搭着公交车游荡进海鲜市场；在眼下，在吃饱喝足伸个懒腰后起身上阳台晾衣服，没有搭衣服的绳子，可以随手扯一根，绳子的角度是倾斜的，可以中间夹上夹子作为卡点。这些就是生活里细细碎碎的小味道、小趣味。

如同又捞了几只长得漂亮的海螺，扔在瓶子里让妹妹拿回学校去养。

妹妹说：“姐，你什么时候再来？”

我说：“你又馋？”

妹妹说："你来我请你吃牛排！"

我说："我最爱的可是你那儿的海鲜市场啊！"

妹妹说："那就逛海鲜市场，这回我掏钱。"

我说："好啊，那我还要释迦果！"

多年以后，妹妹还是妹妹，姐姐还是姐姐。

妹妹最爱的是姐姐能夸夸她。

而姐姐最爱的是逛海鲜市场，当然，带着妹妹一起才好。

教我吃鹅肠的光头男生冯叉叉

下午坐在办公室里，不知怎么忽然想起来冯叉叉家里挨着门的那只大鱼缸，绿绿的，带着光，氧气棒突突冒着水泡，里面的鱼很欢实。

那时候冯叉叉父母在家，土生土长的广东人，不像北方人家里来客人了便非常客套，冯叉叉带我和另外一个女生跟他父母打过招呼，便回了自己房间。我跟那女生坐在冯叉叉的床上，冯叉叉坐在显示屏前的椅子上。

冯叉叉是专业的商业摄影师，所以显示屏很大，而且是两个并排放。

这是二〇〇七年的夏天。在广州荔湾区冯叉叉的家里。我不清楚我的记忆到底有没有发生偏差，记得冯叉叉的床上好像铺了凉席，尽管如此，我们依然觉得很热。

而那个穿白背心的很瘦的女生，冯叉叉介绍说是雕塑家。我当时想，好酷！

说起冯叉叉，是个很神的人！

说起我跟冯叉叉的交情，也很神！

刚刚跟冯叉叉在微信里怀旧了一会儿，他说：“我们认识有

十年了吗？”我说：“我认识你时是二〇〇三年，读大一。”嗯，那时候我读大一，翘课，整天窝在寝室里，上网。说上网，其实主要就是泡某个文学网站，我这人到现在也有这个习惯，只进几家我熟悉的网站，很少漫无目的地在网上乱逛。那时候写文、发表，兼做社团编辑，跟社团的人闲聊，有几个现在关系依然不错的朋友就是那时候认识的，包括当年的初恋。

但我可以确认，我跟冯叉叉绝不是在那个文学网站认识的，至于到底怎么认识的，已经记不清了。我不确定我当时跟冯叉叉在 QQ 上是不是聊了很多，但按情势反推的话，应该是聊得不少，否则我们最后不会成为朋友。

而今回想起来我对冯叉叉开始有确切的印象，是冯叉叉为了自证自己即便在网上，也不是个随便胡说的人，于是告诉了我他的真实身份。他说你去查，谁谁谁，曾经男子青年射击进入全国前三。于是我就去查，真的有！当时我便想，好酷！

那时候，冯叉叉已经不做运动员了，而是专业摄影，主要是拍商业时尚的，但冯叉叉不满足于此，经常搞点先锋艺术！

我跟冯叉叉第一次见面，已经记不清是哪年了，但那时我仍在上大学。应该是寒假，当时我在沈阳，冯叉叉到北京参加一个影展，然后他说不如我去沈阳看看你。我说好啊，于是双方会晤。见面后，冯叉叉说你本人跟网上大相径庭啊。我说怎么？冯叉叉说之前我一直觉得形容你的话，应该是红酒。我说现在呢？他说顶多就酸奶啊！好吧，我就当是夸我青春年少了！

当时冯叉叉就下榻在抚近门内的一家酒店里，我看他背着的神奇硕大的旅行装备，疑心他一路是怎么过来的。他说你要不要背背看，我说试试就试试，他说我赌你背不起来！我切了一声，然后蹲下，运气，用力，纹丝不动，再运气再用力还是纹丝不动，只好放弃！他说这不算什么，我背的包比这重是经常的事啊！

冯叉叉从包里掏出一盒巧克力甩给我，我说男生也喜欢吃巧克力？冯叉叉说我就喜欢吃啊！

我剥开，放嘴巴里。冯叉叉扫了我一眼说，你站起来，站直了！于是我就乖乖站直了。冯叉叉严肃地走到我面前，在我腰上掐了一把，他说是有点肉，你再减减。当时我是有多傻，既没心虚也没尴尬，竟一根筋地虚心请教怎么减。他说你多运动啊，而且不要宿便，宿便对身体是非常不好的。

冯叉叉又从包里抽出来一本硕大的摄影册，他说，喏，这才是给你的礼物，我前段时间刚出的！我就接过来翻，并且努力佯装自己不面红心跳不尴尬。要知道当时我还是无知少年啊，冯叉叉把一本满是女体和身体私处的摄影册甩给我，我真是不知该放哪里好！

冯叉叉问我怎么样，我说，嗯，挺好，挺好的！

出去吃饭的时候，冯叉叉说这个也蛮重，你放我包里吧，我帮你背着，一会儿你走再给你。我说好。然后就没有然后了。

冯叉叉在回去的路上发信息给我，说忘了把摄影册交给我。

我故作遗憾，我说哎呀，我也忘了！我当然没忘！我非常庆幸它遗留在了冯叉叉的背包里，要不我拿回家去真是不知怎么该跟家里人解释。毕竟那时候年少心虚，哪像现在干什么都理直气壮。

再后来，就是二〇〇七年，我跟冯叉叉第二次见。

二〇〇七年大四，我在广州实习。刚去时人地生疏，寄住在一个伯伯家（家里朋友），但南北方文化、生活细节等差异实在很大。举两个例子，一次是我到家时发现家里没人。伯伯打电话说一家人回了祖家吃饭，要半夜才能回，我便在小区花园里等到半夜。一次是下班时大雨，我打电话说我到家可能晚些，伯伯在电话里说那不着急，我们先吃饭。

其实说来这是南北方人情处理方式的差异，这些事在南方人眼里看来再平常不过，但对于离家千里初到南方的北方孩子来说，当时真是觉得受到“冷遇”。自然是伤心的。

人情上的“冷遇”，加上饮食上的不适应，最主要的是当时还在跟异地的男友闹分手，心理真是脆弱得很。便跟办公室里邻桌的姐姐说我想回家，那姐姐回过头说：“中午跟我一起吃饭！”从那之后，青春里多了一个对我影响很多的人，那人便是熊小姐。

而当时在广州，另一个让我觉得温暖安慰的寄托便是冯叉叉。

冯叉叉带我去吃饭。

冯叉叉带我去喝茶。

冯叉叉带我去喝咖啡。

冯叉叉带我去见朋友。

冯叉叉带我去逛寺右新外贸店。

冯叉叉带我去吃饭。走很远的路，我说我走不动了，他说很近。再走，我说我真的走不动了。冯叉叉看见路边有卖甘蔗的，他说你吃过我们本地甘蔗吗？我说没有，冯叉叉买了两节给我。他说你慢慢啃，于是我就慢慢啃，甘蔗啃完了，吃饭的地方也到了！我发现自己上当了！

冯叉叉带我去一个当时看还挺浪漫的地方吃饭，我点儿童套餐。

冯叉叉带我大半夜去吃烤鸡翅，他说那家鸡翅很有名，而且很有趣。没有招牌，外围是理发店，要穿过理发店，里面露天的才是吃烤鸡翅的地方，不知道的话根本找不到。我至今记得那里好像有道铁皮门。

冯叉叉带我去吃传统广东菜，在那之前，我没吃过鸭肠鹅肠，因为我嚼这些东西很费劲，觉得咽起来好难。他说你要慢慢习惯慢慢适应啊，他说适应饮食和适应生活是一个道理，他说你不能拿衡量北方菜的标准来衡量广东菜，你要以新鲜的心态尝试新鲜的东西！

冯叉叉不知道他这一句话对我影响至深，直到今日，依然有效！

冯叉叉为了体现自己身体力行，说回头陪我去吃北方的火锅，但未能成行。

后来我搬了住处，搬到一个站在阳台上天天看云走的地方，风来时也知道得早些，雨来时也知道得早些。大雨天我和冯叉叉约回头去吃火锅，但几天后，冯叉叉就离开广州去上海了。走之前，我们并没见面。

再后来，冯叉叉在上海待了一年多，又回了广州。

而我，从广州到北京到成都到长沙又到北京，兜兜转转。

我们联系得越来越少了，冯叉叉偶尔会问你有没有成熟点？我说还是老样子啊！

冯叉叉跟我说他认识我后，觉得东北姑娘不错，于是连交了三个东北女友，却都以失望告吹！冯叉叉跟我诉苦时，我依然没心没肺、幸灾乐祸。

冯叉叉跟我说，现在女生好俗气啊，一送房子一送车马上就欢呼雀跃。我说拜托哥哥，你也送我个房子吧，让我也俗气一把！冯叉叉说你滚蛋！

冯叉叉说阳朔他有朋友开旅馆，很漂亮，他说你要是去的话，我给你提前打招呼。

冯叉叉说山西他有朋友在寺院，说我去的话，可以安排住在寺里。我问他确定女客可以留宿吗，他也答不上来。

我想起当年在沈阳时，冯叉叉的房间里播着东北的小品，他在一旁呵呵傻笑。我说你听得懂吗，他说不懂啊，我说那你笑什么，他说里面人不是都在笑嘛！

之后，我们联系更少。

我知道他这么多年发型没变过，光头，浓密胡子！还是偏红色的，当年我问他胡子是不是焗了颜色，他说天生的！

再后来，微博上看到有人报道他，内容是他闲暇时开始做手工皮具了，而且有模有样，他说做手工对身体好。我忽然就想起他当初一本正经告诉我去网上搜全国青年射击前三冯叉叉，我想有些人，始终是做什么就会像什么的，这没办法。

我跟他说，我们真算是故交了。

时间真的是绵软有力的东西，你不知道暗地里它到底能改变什么，改变多少。近日网上正热的内蒙古冤案得以昭雪，这帖子在两三年前我就在微博上转过，只是当时心底是跟着失望的，虽然转了但觉得恐怕昭雪之日遥遥无期。时过境迁，没想到这一天真的实现了，而且并没有用太久。我想，这便是宫二说的“念念不忘必有回响”吧。

那些裹在时间里没有消散始终向前的东西，愈发绽放光泽，比如青春，比如友谊，比如信念。

冯叉叉说，真好，过了这么多年，我们还是朋友，而且都还过得开开心心！

冯叉叉说，见面时喝酒聊天吧，我说我依然滴酒不沾呀，他说那就喝茶。

后记
Postscript

十一假期，我买的当日傍晚车票回家，中午约冯叉叉吃午饭。自二〇〇七年一别，已八年未见。我长胖得很明显，冯叉叉打趣我，复又问我他胖了没有，我说没有吧，他自己坦言说胖了十几斤，我说那你之前也胖啊，所以不明显。冯叉叉作势要捶打我。

两人从永安里奔南池子走到王府井，由餐馆聊到咖啡馆，细数经年。冯叉叉年长我几岁，家里催促婚事，冯叉叉拒绝得理直气壮。冯叉叉说自己现在的状态有点尴尬，见惯美女，美女又不长脑，冯叉叉要有胸又有脑的美人。

冯叉叉嘱咐我减肥，称自己已经开始正儿八经练咏春，晚上八九点钟睡，次日清晨四点钟起，打一套咏春，然后吃早茶。我在心里暗想，这哥们儿真神！冯叉叉说你要锻炼身体，如此，八十岁后我们才有再在一起聊天散步的可能。

妈妈的冷面没有汤

每个妈妈都有几样拿手菜，可惜，我妈妈没有。

我自小就不在父母身边长大，一年中与父母见面天数手脚并用足以数得过来，更别提吃他们烧的菜了。而且，在我印象里，我妈妈做的菜不好吃，直到现在我也不喜欢她做的菜，尽管每次回家她都会尽量做我喜欢吃的，但味道还不如我亲自掌勺。

记忆中，维系我的童年与妈妈相关的食物是冷面，当然，买来的！

小孩子都爱吃冷面，酸酸甜甜，尤其是夏天，冰冰凉凉，很是解暑。每次暑假时才能到父母身边待几天，所以便总是夏天，冷面、拌明太鱼、冰棒汽水是我那些夏天的老三样。

东北朝鲜族人不少，而且靠近韩国，所以东北的韩餐做得还比较正宗。不同的馆子味道也不同，一般来讲，朝鲜族人开的馆子味道要好吃一些。小时候自然不懂这个，有的吃就行！

我就总吃冷面，事实上，我消化不了。别说消化不了，连咽下去都费劲。

冷面面质的本身，在软硬、韧劲，用现在的词叫“有多Q（筋道）”，所以泡多长时间至关重要。时间泡短了，根本嚼不烂；泡长了，面的韧劲就没了。

冷面的味道全在汤，酸酸甜甜冰冰凉凉，咸和酸之间味道要恰好，无论是偏咸还是偏酸都会走了味道。我小时候，家里小姑偶尔会做冷面给我吃，味道还不错。与其说我喜欢冷面，不如说我喜欢冷面汤。我从小吃饭就懒得嚼，尽管大人告诫很多次，但我还是懒得嚼，我觉得简直是浪费时间。直到现在也是如此，所以我吃饭总是比别人快，因为我总会意识到自己在嚼东西，然后就开始数数，然后就犯困，越嚼越困！

冷面当然很需要嚼，因为韧劲太大，但我又懒得嚼，所以我干脆懒得吃。而且还有一个问题，我嚼嚼就会把自己唠到咽不下去，最后噎得眼圈红红，只好吐出来，直到这么大了有时还会这样。

于是每次都是，我喝汤，把面留给我妈吃。现在想想，真是凶残，我通常都会把汤全喝光，想想那一碗冷面得怎么咽下去啊！小时候每次这么干，我妈都说：“这孩子才坏呢！”但我完全不明白，心想给你吃面还不好！于是我妈只好一边吃面，一边喝水。

我喜欢冷面还有一个原因，就是冷面色泽很好看，一碗亮亮的，看着就心爽。如果配菜的菜码搭得好的话，铺一层就更加分。最常见的是半个鸡蛋、黄瓜丝、泡菜，也有放三两片牛肉的，还有西红柿、花生米、蕨菜、香菜、梨片，撒上白芝麻就更好看了。当然，也不易过杂，过杂反而没品相。而且一定要放在那种传统

的不锈钢大碗里才有感觉。虽然我几乎讨厌所有金属的餐具（有人送我金银餐具的话除外），受不了那个质感和声音，但冷面，一定要放在这种不锈钢大碗里。

前两天到楼下的韩餐馆吃饭，要的泡菜汤饭，忽然就想起小时候这一幕，想起每次吃冷面都是我把汤全喝光，然后把一碗干巴巴没味道又不好嚼的面丢给我妈。

可是那时候，我真的没意识到这东西有多难以下咽啊！

我妈为什么不直接跟我说呢？她直接告诉我，说冷面去了汤就很难吃，很难咽，那我就不会每次都把汤全喝光啊！

读大学的时候，火车站对面的一条街里，有一家味道不错的韩餐。每次去，我都会要“妈妈酱汤饭”，是套餐，一碗饭、一碗豆腐酱汤、咸菜、水果，还有炸的香肠和虾，分开装，一小份一小份，每次都让我觉得很温暖。或许，只是这名字起得温暖，那时候我总想，我妈可不会做这么好吃的饭。

我觉得妈妈很会做饭的小孩儿都超幸福！而且妈妈也幸福！

随着年纪越来越大，你发现跟家人之间的沟通，你的那些意气风发、蓬勃昂扬完全没用，跟家人在一起时就是鸡毛蒜皮、家长里短。

能跟妈说“妈，我想吃你烙的馅饼了！”“妈，我想吃你炸的鱿鱼了！”“妈，我想吃你做的茄盒了”的成年人都好幸福，当然，我也会跟我妈说，前提是把“你做的”这三个字去掉。因为我妈做的还不如我做的，我妹经常在电话里说："姐，我想吃你做的×××了！"很显然，我已经成功取代了专属妈妈的味道！

这次十一回家，因为回的是爷爷家，跟父母见面时间也就两天。我妈说："你跟我们走吧？"我说："我不，我还有一堆事儿呢！"我妈说："哎，妈还没给你做好吃的呢！"我心想，你能做什么好吃的？然后我妈掏出手机说："你看，你说要吃馅饼啊、芸豆烀饼啊、小虾米啊……妈都没给你做呢。"我妈把我平时在微信里跟她闲扯的这些，都记到了记事本里！

说实话，到现在我也不知道我妈爱吃什么，我只知道她爱吃甜的，搞得每次去我奶奶家，我奶奶像对小孩儿一样满满塞两兜糖给她。我也不知道她是不是真爱吃糖。每次我问她爱吃什么，她都说什么都行！这次回家我做的红烧排骨稍稍有些硬，我说："你别吃了，回头我重新做嘛。"她一边端着碗一边说："好吃啊好吃啊，不硬，一点儿都不硬！"

是，**过去这么多年，我长到快三十岁，我仍然不知道我妈爱吃什么。但我确信那么多碗被我喝光汤的冷面，她一定是不爱吃的。**想到那种难以下咽，我当时坐在餐桌前差点哭出来。

做饭不怎么好吃总被我嫌弃的你，能不能告诉我你到底爱吃什么？

一把空心菜的好时光

看到网上有个好男（女）友标准，是说吵架了不要离家出走，如果真走的话，最好回来时顺手把菜买了。幽默又暖心。

这样的男朋友，我倒还真见识过一位——晴姑娘的某任前男友。

我跟晴姑娘是大学同学兼室友，再后来发展成闺密。

彼时晴姑娘整天泡在网上谈她远隔千里的异地恋，那时我们都说异地恋不靠谱，尤其是网恋更不靠谱，但晴姑娘依然顶着她灿烂千阳般的笑容不以为然。

虽是异地，也是吵吵闹闹每天鸡飞狗跳。两人经常因为鸡毛蒜皮的事情在电话里吵起来，发火的主要是晴姑娘，对方往往不吭声，说急了，男生就在那边把电话挂掉，晴姑娘再打过去，再吵，再挂掉。那时两人连见都没见过，却像模像样要死要活地闹分手，只要一吵到要分手，明亮的晴姑娘就像丢了魂儿似的。

有一次两人吵得厉害，具体为什么早记不清了，变成晴姑娘不接电话，因为晴姑娘把手机直接摔了。男友把电话打到我这里来，让我喊晴姑娘接电话。晴姑娘不理，男友在那边说麻烦你告诉她，我去看她。我对晴姑娘摇了摇手机，这姑娘像宠物狗一样贴上来说好啊好啊。

那年代流行一个词，叫“见光死”。对于现在的青少年来说怕是老掉牙了，但好在双方见了光都没死。晴姑娘条儿正人靓，男生虽然不是帅得出奇，但也挺拔干净，据说见我们之前特意换了白衬衫和白球鞋。男生请我们吃饭，我们多少有些过意不去，要知道那男生比我们还低两届。席间，有个姑娘想抽烟，这男生起身出去买了打火机回来，一边叫我们姐姐一边拜托我们让我们平时多照顾晴姑娘。晴姑娘在旁边挤眉弄眼，一脸贱笑。

之后，晴姑娘问众人对此男印象如何，我们统一口径是觉得比她历任交往的男朋友都靠谱一些。但青春里的爱情，就像夏日里的雨，说来就来，说走就走，甜甜蜜蜜分分合合，除了当事人，又有几个在意？晴姑娘继续忙她的甜甜蜜蜜吵吵闹闹，吵凶了还是闹分手，哄一哄就又和好了。

晴姑娘以为两人就这样顺风顺水谈下去了，结果问题出在了大四。大四我们要实习的，之前晴姑娘的小男友跟晴姑娘保证说，到时候晴姑娘在哪儿他就在哪儿。临到兑现了，当然不现实！小男友跟晴姑娘说抱歉，晴姑娘恶狠狠骂小男友是个骗子。两人就又闹起分手来，但这次跟以往不同，这次是真刀真枪的。两人一直这么异地恋不是个办法，当时我们跟晴姑娘说要不要你去他那儿？晴姑娘气鼓鼓地说：“不要！我干吗让着他？干吗迁就他？我不要！”

说不要的晴姑娘，还是跑到苏州去。想想这姑娘也真是无语，小男友在南京上学，我们问她为什么不去南京啊。她说距离产生美啊，这样我能经常看到他，又不至于天天看到他！为了去苏州，跟父母大吵了一架，父母早就把工作给晴姑娘安排好了，结果晴姑娘硬生生要跑到南方去，父母才知道自己的独生女交了个远在千里之外的小男友。父母极力反对，晴姑娘不依。惹得老父放狠话说："你要是真去，我们就再也不管你！"呵，年轻气盛的晴姑娘哪怕这个，当然是真去！自己顺顺当当找了工作，并且租了房子。

从小娇惯、诸事由他人代为打理的晴姑娘虽然气盛，但一个人跑出去人生地不熟的地方，还是有诸多不适应。那时候我在广州，虽然也是一个人，但好在有家中接济，而晴姑娘跟家里闹翻了，手中拮据时只好临时问姑娘们借钱。

也正是从那时候起，晴姑娘修得一手好厨艺。小男友每周末都会从南京去苏州，晴姑娘先去接站，然后再美滋滋吊着小男友去买菜，回到住处挽起袖子做羹汤。

晴姑娘爱上空心菜，是从那时候开始的。

因为小男友爱吃。

清炒、蒜蓉炒、豆豉炒、凉拌、加红椒……很多年后，有一次我们回想起当年，说我们的青春是什么样子。晴姑娘想了想说是空心菜的样子——勃勃生机又并不奢侈！

爱情并不稀奇，稀奇的是长久的爱情。

小男友遵照父母的指示，要考司法证，没有更多的时间和精力给晴姑娘，包括耐性。那时候两人频频吵架，毕竟都太年轻，活生生扔到现实中，不知如何应对生活的琐碎。晴姑娘觉得委屈，又要人地两生地为生，努力在公司里站住脚，又要照顾小男友。小男友每周末来时，晴姑娘就活脱儿沦为老妈子，洗洗涮涮做家务，变着花样做好吃的。晴姑娘想让小男友陪自己去平江路闲逛，小男友没心情；想让小男友陪自己去寒山寺，小男友懒得动。

我一直记得那个下午，我在办公室里百无聊赖，晴姑娘的QQ对话框里横空蹦出一句话，她说："我想分手。"我问她发生了什么事，她回我三个字："觉得累！"

我没有劝晴姑娘，作为晴姑娘的朋友，我见不得她谈恋爱谈得如此辛苦。尽管多年以后回头想想，当时那些事情都不是什么大不了的压力，但对当时尚显稚嫩的我们来说，确已超出我们的负荷。我们难以自我消化，更何谈理解他人，帮对方分担。

那段时间，晴姑娘整个人都郁郁寡欢的，虽然不在身边，但我能感觉得到。这姑娘经常下午时在网上叫我聊天，聊着聊着就又不说话了。

那时我已经辗转到了长沙，住在韶山南路上。公寓旁边有两所大学，两所大学之间有条小路，走上去，有个菜市场。很多菜在北方没有见过，很多叫不上名字，但我识得空心菜，便总是买回来，因为它总让我想到晴姑娘和她的爱情。

用晴姑娘自己的话形容，是硬撑了几个月，撑到男友考完司法考试。临考前，晴姑娘每每奔到南京去买上大堆营养品。小男友留她在那儿住，她总笑笑说："你安心准备考试吧，等你考完了再说。"可晴姑娘很清楚自己在撒谎，等到小男友真的考完了，也就该他们分手了。小男友接受不了，问为什么，晴姑娘说感觉累了，小男友便信誓旦旦地保证说这次是特殊情况，以后再也不会了。晴姑娘淡淡地说："我是告知你，不是威胁，也不是商量。"

就这样，两人分手了。分手前，小男友做垂死挣扎，说自己马上来苏州陪晴姑娘，说以后晴姑娘在哪儿他就在哪儿，说带晴姑娘一起回家见父母。这些，都是晴姑娘之前梦寐以求的，但眼下，都被晴姑娘狠狠拒绝了。后来，有一次晴姑娘跟我说："他当时如果不管不顾真的冲到苏州来，也许，我们还有回旋的余地。"晴姑娘说："也正是因为这个，我知道再没可能了，我不喜欢给自己留那么多退路的人。他们的不勇敢，会让你在一段关系里随时处于被衡量以及被放弃的状态。"

分手后的小男友回了郑州，晴姑娘没有回北方，而是去了上海，在一家传媒公司工作。之后，又换了两家，换汤不换药，仍然是传媒行业，只是薪水见涨，做事也越来越从容。与父母的关系早已缓和，父母出了首付，晴姑娘在上海买了间四十多平的单身公寓。

晴姑娘三十岁生日时，刚好我去上海出差，晴姑娘说："你

别住酒店了，来我家住吧。”我以为晴姑娘邀了一干人帮她庆生，结果，只有我们俩。晴姑娘说：“我们也好久没见了，好好说说话吧。”

夜深，我穿着晴姑娘的睡袍，两人坐在地板上。晴姑娘开了红酒，我说：“我只能喝一口啊。”晴姑娘说：“大不了我叫救护车！”

我们聊起青春，聊起经年，聊起过往，聊起大学里的校草和英语系的系花，聊起教古代文学史的南方小男人。聊起各自的境遇，以及，走马观花的爱情。

也自然聊起了当年的那个小男友。

晴姑娘说：“现在想想，当时还是太年轻，也许没有对错，只是大家都不会处理问题，也处理不好自己。”

晴姑娘说：“他确实是我交往过的男生中用情最深的一个，真是可爱啊。我还记得有一次我们吵架，他摔门出去，我正气得不行，没想到过了一会儿这人买了蛋糕回来，还买了把空心菜！我当时就想，这个人简直太可爱了！”

晴姑娘说：“如果当年我们没有分手，我想他婚后应该是个好好先生吧。”

我说：“假设你的生命还剩半年，你要回头去找他谈恋爱，还是找个新人？”

晴姑娘摆着手说：“我当然去环游世界啦！我要去南极看企鹅！”

第二天早上，晴姑娘对着镜子吹头发，我醒过来。

这姑娘扭头跟我说："我想好了，我要找个高中生！"

我说："什么找高中生？"

这姑娘说："找高中生谈恋爱啊！"

我在床上笑得不行，骂她老不正经。

嗯哼，日子总是向前的，那些或感动或辜负的好时光，就让它们在我们的心底悄无声息地流淌吧。此刻，化上妆，穿上鞋，走到大千世界中去享受当下的灿烂千阳。

冰激凌小姐和冰激凌先生

冰激凌小姐在闺密群里发消息说在商场里遇到了冰激凌先生，只是，冰激凌先生没看见她。我跟另外一个妞没答话，等她继续发言。

然后，冰激凌小姐说，如果时间退回去，我还是会义无反顾地奔向他……

冰激凌小姐和冰激凌先生是高中同学，彼此知道，但没搭过话。

两人认识，是在一次吃冰激凌比赛上。学校运动会，有冷饮厂的赞助商来搞这么个花样，冰激凌小姐踊跃报名，因为冰激凌小姐从小就是冰激凌控。而冰激凌先生则是跟女友刚分手，渴望着来点刺激，或者来点惊喜，说不定自己赢了女友看到会很高兴便回心转意，或者自己吃残了女友一心疼也能浪子回头。

所有故事，我们都算准了开头，但没算准结局。开头是冰激凌先生果真如愿吃残了——胃部痉挛，疼得一米八的个子就地打滚；结局是前女友没来，送他去校医务室以及陪他去医院的，是他的邻号选手冰激凌小姐。

疼痛渐消，冰激凌先生的意识开始清晰起来，发现面前的小妞圆圆脸大眼睛有点可爱。哦，爱情便来了。

冰激凌小姐和冰激凌先生因此得名。

冰激凌小姐大爱冰激凌，便让自己的男友陪着吃了一盒又一盒、一碗又一碗、一家又一家。不管春夏秋冬。大冬天里，冰激凌小姐带着毛手套，拿着小木勺挖，冰激凌先生坐在对面问她："你不冷吗？"

"不冷。"说着，冰激凌小姐把木勺递到男友嘴边。冰激凌先生不想吃的，冰激凌小姐杏眼圆睁，男友只好张嘴巴。

冰激凌小姐问男友："你爱我吗？"

男友说："爱啊！"

冰激凌小姐说："可是，你没有因为我昏倒过啊！"

男友解释说那是因为胃疼啊，冰激凌小姐白白眼睛说："那你也不是因为我痛！"冰激凌小姐致力于用冰激凌把男友再弄昏一次，以此来证明他对她的爱是超越前女友的，至少是可以比肩的。可怜男友毫无演技，连装晕都不会，只能实打实地一吃再吃。

那时候他们还是青葱少年，傻头傻脑的。少年的那座小城里有那个著名的冰激凌广告，但没有实体店。冰激凌小姐跟冰激凌先生说："以后你带我去吃哈根达斯啊！"

高考填志愿，冰激凌小姐和冰激凌先生填的一致。

结果是冰激凌先生考走了，冰激凌小姐只能去第二志愿，或者复读。冰激凌小姐去了第二志愿的城市，依然不大，依然没有哈根达斯。

两人在站台挥泪拥抱时，冰激凌小姐说："没关系，等放假我就可以去找你了嘛，到时候你带我去吃冰激凌啊！"

新世界。异地恋。年轻。

以上种种，皆是年轻爱情所要遭遇的老虎凳。好在冰激凌小姐和冰激凌先生活活撑了下来，两人大不了吵一通闹一通哭一通，然后电话里道歉。实在不行，就买张火车票奔过去，见了面立马好得连道歉都省了。

冰激凌小姐留了好多张火车票，那些为了爱情道歉的票，那些为了爱情投奔的票。直到冰激凌先生说："你现在怎么这么爱生气？动不动就提分手？"冰激凌小姐心想，这样你就会来看我啊！

可到大四的时候，冰激凌小姐的这招就不管用了，任她肿了眼睛哑了嗓子病了一场，冰激凌先生再也没来看过她。冰激凌小姐带着她的病容奔过去，两人见面仍然是小别胜新婚，小旅馆房间里卿卿我我。可是出了房间，冰激凌小姐意识到她的男友变成了另外一个人。

那个曾经无论她说多无聊的话，都会陪她傻笑的男朋友，无论她做多无厘头的事，都觉得她可爱的男朋友，面对她时脸上却没了什么表情。

有表情的时候，是他坐在她对面，给她讲这座大城市，给她讲自己刚去实习的大公司，给她讲自己三十岁精明能干的部门女经理……冰激凌小姐恍惚明白，这个陪她长大的大男生，已然离自己越来越远了。

大城市给了这个年轻人万花筒和望远镜，以至他拿着这些却看不到自己眼前的人了。

当然，这是冰激凌小姐后知后觉的事情。那时候，冰激凌小姐依然懵懂、鲁莽又勇敢。原本找好了实习的单位，冰激凌小姐临时生变，要来投奔冰激凌先生，身后一切皆不顾了。冰激凌先生便从公司提供的单身宿舍搬出来，跟冰激凌小姐在城郊租了个一室一厅。每月房租一千多一点，两人还算负担得起，只是上班路上太辛苦，好在年轻，为了爱情克服一下也不是什么难事。

两人也着实过了一段好日子，那是冰激凌小姐刚到的时候。两人恨不得天天耳鬓厮磨，应冰激凌小姐要求，两人买了辆自行车。每天晚饭后，冰激凌先生载着冰激凌小姐遛弯，桃红柳绿遛狗训孩子，一到傍晚，人间是最有烟火气的时候。冰激凌小姐坐在单车后座上，揽着冰激凌先生的腰便觉得很满足，人世好味莫过于此。

冰激凌先生载着冰激凌小姐吃遍了附近大小甜品店的冰激凌，当然，他们也去吃了梦寐以求的“爱她，就带她去吃哈根达斯”，冰激凌小姐的评价是“不过如此”。

可冰激凌是有季节的。

就像青春。

也像爱情。

慢慢地，两人开始吵架，鸡毛蒜皮，把自己迟到、坐过站、穿错衣服这种事也赖到对方头上拿来吵一吵。冰激凌先生应酬越来越多，回来得越来越晚，冰激凌小姐新结识的朋友也越来越多，甚至不乏追求者。

有一次凌晨三点，冰激凌先生还没回来。冰激凌小姐把电话打过去，是冰激凌先生的女领导接的，那边闹哄哄的，听得出一大帮人在鬼哭狼嚎。女领导叫冰激凌小姐小妹妹，她打包票一会儿就把冰激凌先生送回来。

喝得酩酊大醉的冰激凌先生被女领导开车送到家时，天已经泛亮了。冰激凌小姐盘着腿坐在沙发上，一夜没睡。

女领导给了一天假期，冰激凌先生在卧室里酣然大睡，冰激凌小姐站在卫生间里刷洗冰激凌先生吐脏的衣服，一边洗，一边哭。那一秒，她只觉得又委屈又恶心。

尽管，她不知道恶心的是什么。

多年以后，冰激凌小姐才恍然大悟她当时恶心的是什么。这种恶心，在她之后的成长里，屡次发生过。面对不同的人，不同的事，她都曾隐约感到这种恶心。

冰激凌小姐说，当我们回忆时，把那些分手描绘得无比温

情伤感，好像多么值得被珍藏留念，又充满深深遗憾，她说，那都是骗人的，拿来安慰自己的。真正的分手，原因不外乎只有一个——眼皮子太浅！

当冰激凌小姐说出这句话时，我的手心惊出汗来。

这世界那么大，当你有了望远镜，你可以看到远处的香艳大波女，也可以看到高冷傲娇女，她们或许是你的女领导，或许只是一个衣香鬓影的路人。因为她们的存在，让你感叹这个世界还如此美妙，还有这么多神奇之处，还有这么多好东西！

那些远山和深海，你都不曾见过，那些宝藏和险滩，你也不曾见过，你为自己的“短视”汗颜，为远方璀璨未知的一切着迷。

那时候，衣装笔挺带着公文包去意气风发地谈判，让你觉得更激动人心，更像自己，而不是守在一个姑娘身边，看她哭看她笑看她说傻话，陪她玩闹陪她吃冰激凌！

每一个年轻人都从那时候过过，无论是男生还是女生。

只是，有的人回头望时清晰地丢出了一句“眼皮子太浅”，而有的人，可能终生要眼皮子浅下去。

分手数年之后，冰激凌小姐在商场里看到了冰激凌先生，清清楚楚，但她没喊他。

在她眼里，他是个眼皮子浅的男人，可是如果时间重来一次，她还是会爱上这个眼皮子浅的男人，毕竟，那时候她的眼皮子也浅。

我也很爱冰激凌。

但冰激凌小姐和冰激凌先生的故事注定是个让人唏嘘的故事。

因为冰激凌是有季节的，很多夏日里的冷饮店到冬天时就卖麻辣烫了。

爱情，也是一样。

你我，也是一样。

或许，这就是成长。

陌巷深处的一碗绿豆沙

节后回京，适逢有多年未见的女友到北京来，天儿好，约在了胡同里的咖啡馆。两个姑娘，一个暖洋洋的下午，还有店家一只又黑又肥的猫。

算算都是近十年的交情，当年同是杂志期刊作者，再后来又到广州同一家杂志社实习，只是最后都没留下，我辗转其他四处，她在广州待了两年，再后来回了西安。一别数年，偶有联系，也只是在网上偶尔聊聊，只知道姑娘成了家，生了娃，一切安稳，按部就班。我们坐在印花的沙发上，细数经年种种，聊起那时供稿的杂志，某熟识的编辑或作者，聊起当时实习的杂志社，聊起广州，聊起当时一起共事的姑娘们。

当时的杂志早已不在，姑娘们也早已各奔东西，有的回了家乡，有的又辗转他处，有的依然笔耕不辍写稿出书，也有的早就封笔退隐江湖销声匿迹的。她提到她的偶像，我提到我的偶像，我说我偶像结婚了，她说真的？我说嗯，发微信朋友圈了，嫁了个老外。姑娘说，你偶像结婚倒是稀罕。

物以类聚、人以群分是对的，包括我们欣赏的人。姑娘是金牛座，虽然我不大信星座，但概率学偶尔还是会有相通之处。姑娘上进踏实，早年我们沉迷风花雪月的时候，这姑娘只暗暗发狠，说自己三十五岁之前要自己赚到房子和车。年龄未到，房子和车已都有了，同时也有了家有了娃。当年姑娘文字上的偶像，也早已如此，在北京小日子过得也颇为不错，我们相约过，但一直未见过。

金牛姑娘说人如其文，你跟你偶像一样啊，人也漂，文也漂。我的文字女神早年与安妮宝贝、李寻欢等同属一拨，早年成名，只是后来有的人名声大噪，毕竟，成名也只是个概率学，而且是极小的概率。我偶像呢，还是一如既往地在写，写她的小说、她的游记，常年游走在周边临近的小国之间，甚至一住就是大半年。然后写书，写故事，写嬉皮士，写游走，写修行，写她在途中遇到的方士、占卜师、艺术家，写小旅馆里遇到的法国建筑师，写每天傍晚喝多了便在阳台上唱歌的德国年轻人。

她一路走，我一路看，后来我们认识，偶有联系，但礼貌客套，不曾深谈，我只说我很喜欢她。成年人的喜欢，是让对方感到善意，但并不打扰。我喜欢她的文字，空灵，一直在路上，始终是漂泊感，没有世俗所谓的尘埃落定或者安身立命，这是一种勇气。早几年我还经常写小说的时候，也鲜少写尘埃落定的结局。身边有朋友指出，我说我总觉得他们还年轻，故事还没完，我希望他们作别眼下，走到未来去。有归宿固然是好事，但更让我着迷的是有故事。

春节期间，在朋友圈看到偶像发了照片。两人去领证，伴侣

是外国人，没有婚礼没有喜宴，一切从简自然。不知道为什么，这一切在我看来与她本人如此吻合，恰到好处，好像她的人生便理应如此，每个阶段，每个细节，每段故事。如果真有命运一说，我想，每个人对自己的命运，都是早早有所感知的。

金牛姑娘说，你偶像都结了，你也别单着了，这种事只能顺其自然。金牛姑娘这次是来京办私事外加访亲友，她说："你在北京待得惯吗？"我说："很习惯啊。"的确，我现在无论回家还是出差，走久了都会想回北京。我说这座城市让我心静，旁人满脸质疑。在很多人眼中，这座城市意味着拥堵、高消费、快节奏、压力大、人才辈出竞争激烈，甚至一穷二白。然而，她给我的感觉是安静和自由。我走过的城市，截至目前最喜欢的两个，一个北京，另一个就是广州。

曾有人在我初抵某座城市时对我说，让一个人对一座城市产生情感，莫过于有故事发生。可是，多年以后，我发现，我们慢慢淡忘了那些与之相关的故事，也疏远了当时的人和情感，唯有对城市产生喜爱和留恋。北京于我来说，是个转折点，让我从懵懂自我走向平静成熟的地方。而广州，则是承载了我大段大段的青春告白。

我常说时至今日，到任何一个陌生地方去，我都不会不适应，都会游刃有余，不会在心理上产生恐慌和紧张。我甚至误以为我一直以来都是这么好的心理素质，回头想想，并非如此。我还记得初到广州的那个夜晚，飞机降落前俯瞰城市，一张偌大的璀璨的不辨方向的网，陌生的地方，全新的人际交际，完全不同的地域文化，甚至连语言都有很大分歧。还记得某次我将手袋落在711的收款台前，众人在我身后喊，但我完全不知道是在喊我，直到有人意识到我不懂白话，才用陌生的腔调喊我说："小姐，你掉了东西。"

离开广州前跟大家聚了一次餐，我乘公交，转地铁，一如既往迷路，越走越远，最后打车，就差搭轮渡了。而今想想，我在那座城市里，一直在迷路，三番五次。

我住的地方离上班的地方步行大约十五分钟，我便自信满满地凭着感觉走，结果走到了江边的别墅区，一路繁花浅篱，路口有水果摊，还有不知谁家的大黄狗。我感觉到自己又迷路了，却走得欢喜。说实话，我喜欢迷路的感觉，直到眼下也是，前提是不赶时间的话。那些陌路里的风景，常会让我觉得小惊喜。时至今日，我也经常一个人背着包走街串巷。朋友都知道我经常迷路，偶有熟人来京，我便带人家四处闲逛，人家问我认路吗，我说不认得，对方便一脸担心。我说担心什么，走累了就找个地方歇脚，遇到好吃的就吃，看到有意思的就逛。

已然八年，我却仍记得那个下午的欢喜，道路安静，一路繁花，没有什么行人，两旁是别墅区鹅黄色的屋顶和鹅黄色的篱笆。后来有条窄的斜街，我走过去，对外开放式的院子，挖了水池，水池里满满种着睡莲，深棕色的木条地板，阴凉处躺着两只猫。是一家私人甜品店，老板一看就是南方人，身材不高，但五官清秀，

手臂上扎了条印花头巾。

我要了碗绿豆沙。味道极好。或许是当时情景，或许是一别数年，或许是辗转偶得，总之，那是我记忆里最好吃的一碗绿豆沙。清清凉凉，甜而不腻，口感无比细腻，不知老板加了什么，有种淡淡的清爽之香，混着冰凉尤为提神。我有片刻走神，深觉就停在这个径深不知名的小巷里，在这连片紫莲之上，停下来，安静欢喜地做个老板娘也不错。

我喜各类甜食，自然少不了绿豆沙和红豆沙。夏日里暑气重，自己偶尔也会煮些冰糖绿豆水，放一小把莲子，但味道都很一般，总是觉得不入味。天冷时在外面吃饭，也常点一碗热的红豆沙，但最好吃的那一碗绿豆沙，便在陌巷深处再不可得。后来，我也寻了两次，却再未寻到那条狭窄且繁花满缀的小径，也再未找到那家铺着深棕色地板、池中养着睡莲的甜品店。

在我们一路向前行走的过程中，总有些人、有些事、有些风景、有些际遇是偶得的，我将这些称之为陌路风景，计划中得来自然完满，而相较那些计划的，其实我更喜欢这些毫无预兆的邂逅和偶遇。

当年在广州时我尤为喜欢一位姐姐的诗，却不知与之同事一场，妙人就在我身边我却不得知，直到我离开，才知道原来终日坐我身边的时尚编辑就是那位诗人姐姐，后知后觉扼腕可惜。没想到数年之后，那位写诗的姐姐也到了北京。前几日，她发了邮件给我，附件是 PDF 格式的文档，有她的精心配图。她说："乔，知道你喜欢诗，随手整理了一些发给你。"

生活总是兜转迂回，迂回再进。很多年前，我以为若干年后让我刻骨铭心，念念不忘的是青春里的那些爱恨得失，或伤或痛。可是多年以后，我记得缅怀的是一碗偶得的绿豆沙，以及一面之缘的小老板。我想，这便是时间的有趣之处，它将我们的人生反应出化学变化，正因如此，一切皆不在计划之中。我们便不必惴惴。同样也无须耿耿，只需放松自在地前行。

金牛姑娘说盼着早点谈完事情早点回西安去，她说现在在陌生城市总是不安，也许是年岁渐长开始恋家的缘故。我倒相信每座陌生的城市都有一个开满繁花的巷口，在深巷里都有一处神奇所在，或许是个过百年的钟表铺，或许是某位高深的手艺人，或许是一碗绿豆沙，也或许，是一个故事、一段缘分……

樱桃小姐和烧仙草

夏天是吃冰的季节，在所有的“冰”里，我最喜欢的应该是烧仙草了。说到我跟烧仙草的渊源，就不得不提樱桃小姐，因为是樱桃小姐让我喜欢上烧仙草的。

二〇〇七年我大四，樱桃小姐也大四，同在广州一家杂志社实习，都是文艺青年，我是编辑，樱桃小姐是美编。当时与樱桃小姐同住的姑娘回老家结婚了，而我刚好在找房子。樱桃小姐主动提出要不要去跟她合租，因此，我跟樱桃小姐亲络起来。

说亲络，其实也没有太深厚的感情基础，只是当时年少，本就天真，但凡遇到谁，好像就可以掏心挖肺的样子。尤其熊小姐提前离开广州，我更是没有依靠，而在广州读中山大学的樱桃小姐早就成了广州通，便常常扯着我走街串巷吃冰轧马路买衣服。

樱桃小姐超爱烧仙草，便总带着我吃。最开始我是有些吃不惯的，嫌苦，嫌稍微有些中药气。樱桃小姐说：“你细细感觉，有回甘哦。”我还嫌苦，樱桃小姐便往我的烧仙草里再加牛奶、椰奶、蜂蜜、红豆、葡萄干……一直加到我觉得味道不错。樱桃小姐说：“怎么样？”我说：“嗯，好吃了。”樱桃小姐心满意足地说：“当然了！”我说：“你就这么爱烧仙草？”樱桃小姐

语调高出两度说：“因为哥哥爱啊！”樱桃小姐说的哥哥，便是她的男朋友。

就着烧仙草，樱桃小姐给我讲了她的初恋故事，也就是和这位哥哥。

樱桃小姐说：“知道我为什么跑来广州读书吗？因为哥哥在这儿啊！”

懵懂少女樱桃小姐对一个素未谋面的中大男生倾心，便拼死拼活考到广州来，如愿以偿进了中大，两人也便顺理成章成了男女朋友。只是我认识樱桃小姐时，哥哥早已经毕业去深圳工作了，樱桃小姐便每周末都往深圳跑。

我见过哥哥的照片，两个人的合照，在樱桃小姐的玫粉色钱夹里。樱桃小姐说：“帅吧？”我点头，其实照片上的男生看着很一般，但情人眼里出西施嘛。樱桃小姐便扯着我说哥哥的种种好，说聪明、有才华、上进、人幽默之类。樱桃小姐说：“你知道吗？我理想中的爱情就是这样，跟初恋可以与子偕老。”我说：“真好！”

我是由衷赞叹，那时的我还冥顽不灵，在感情路上也磕磕绊绊，看到与我同龄却如此笃定清澈的姑娘，打内心里替她高兴。樱桃小姐便更一发不可收，跟我详细展开她的蓝图，她与哥哥的美好未来。樱桃小姐说，她其实很喜欢广州，不过如果哥哥喜欢留在深圳的话，那她就去深圳。樱桃小姐说：“回头我们在深圳安家了，请你来家里玩哦，我做好吃的给你。”

很遗憾，没有等到这一天。不久后我也离开了广州，但比我更早离开的，是樱桃小姐。樱桃没有去深圳，而是回了老家无锡。

她走前，我跟她说：“回家也好，在爸爸妈妈身边，好歹有家人照顾。”樱桃盘腿坐在地板上，眼睛哭得像只兔子。

那段时间的樱桃，便天天像只兔子。

哥哥脚踩两只船，没有被抓包，自己主动摊牌。

哥哥选了那个香港女生，觉得两个人更般配，而留给樱桃的一句话是：“你还小。”

多年以后，我们才明白“你还小”这三个字，到底有多少意思，到底隐藏了多大信息。

你还小，所以，爱情不是你想的那样。

你还小，所以，不是你认为的合适就是合适。

你还小，所以，不是你付出了就理所当然有收获。

你还小，所以，不是你那么需要我，我就一定也需要你。

你还小，所以，我们曾经相爱过，但不代表我一直爱的人都是你。

…………

…………

你还小，这个世界不是自以为是，它可能随时拒绝你，甚至毫无理由、毫无征兆。

失魂落魄的樱桃小姐，每天都上演兔子戏码，最开始我带她出门散心，结果她走在路上也能哭起来。我哄她，带她去吃她爱的烧仙草，这姑娘趴在桌子上抱着一大碗烧仙草号啕。我没办法，只能耐心地等她哭完。回来的路上，樱桃小姐一边抽泣一边说：“以后再也不要带我去吃烧仙草了，连提都不要提！”

一晃八年，自二〇〇七年广州一别之后，我跟樱桃小姐就再没见过。

她回了无锡，在父母身边，找了工作。

我没有太多过问她的生活。

只是两年前，她在网上给我留言说：“亲爱的，我要结婚了。”

两年后，已婚的樱桃小姐坐在我面前，两人要了两份烧仙草。樱桃小姐说：“你知道吗？很长一段时间，我只要看到烧仙草就会哭出来，可我控制不住自己，又总去买，买完了就对着它哭。”我能理解那种感觉，直到今日，我也很清楚我因为谁喜欢上花菜，因为谁喜欢上西兰花，因为谁喜欢上草莓味的东西。

成长是一下子爆发起来的东西。

几乎都是从失去开始的，措手不及，对当时的我们来说犹如天崩，而成长，就是教会你克制。

克制你的眼泪。

克制你对一碗烧仙草的眼泪，对一棵花菜的眼泪，对一站路牌的眼泪，对一家店，一座城市的眼泪。

把眼泪咽下去。然后，再克制你的伤心。

慢慢地，对着烧仙草、花菜、路牌、城市……对过往，再不伤心。那些使我们付出热烈情感、极大期待的没有得到的事情，学着慢慢从心上拂下去，不再抱憾，不再愤愤不平。

我想起很多年以前的自己，不能坐火车经过某个省，只要一到那片地界，就开始哭，一直哭到列车从那个省穿出去。

已嫁为人妇的樱桃小姐这次是来跟合作方开会，两人夫妻档开了家广告公司，公司离家里只有十几分钟的路程。樱桃小姐每天早起给先生准备早餐，用完早餐后，先生去公司，樱桃小姐一般在家办公。

樱桃看着我，叹了口气说："很多事，我们当时没有得到，其实是因为我们拥有的太少，而不是他人的原因。"

我说："现在呢？"

樱桃说："现在我明白了，如果你想要得到更多，就要付出更多，拥有更多，这是一个人的资本。"我看着一脸认真的樱桃小姐笑，想起多年前抱着一碗烧仙草在大庭广众下号啕的那只兔子。

樱桃小姐调皮地说："我老公也很爱烧仙草！"

我笑，想想人生在世的因缘际会之玄妙，大抵就是如此吧，说不定哪个瞬间就可以峰回路转、别有洞天。我对樱桃小姐说："你可别忘了，我也是因为你才喜欢上烧仙草的！

每种食物都是一种情绪

风大。夜寒。整个人沮丧得不行，毫无由头。人没有办法获得永远的幸福，因为人不能把控情绪，尤其是这种猝不及防的情绪。

委屈的。暴怒的。突然想号啕大哭的。

尽管，毫无理由。但它会突然而至。

怎么办呢？

你不能发脾气，不能号啕大哭，不能失态。

那就去找一个面包好了，听从胃的指示。

每种食物都代表一种情绪，这是可以肯定的，至少对我来说便是如此。否则哪里来那些“垃圾食物”的说辞？事实上，垃圾食物匹配的正是垃圾情绪。

百无聊赖时会想着泡方便面打发自己。

情绪愤怒时需要去吃极辣。

沮丧时要吃一个面包，干巴巴的，好似形式就带了一种落寞无望。

人是没法在感觉内心空虚的时候，还可以吃得清汤寡水的。所谓“食疗”，未尝不可如此理解。

我记得一位情感专家的说法，大意是说那些能天天认真为自己下厨的女人大多气质要好一些，形体要好一些，心态要好一些。虽然不绝对，但也有几分道理。

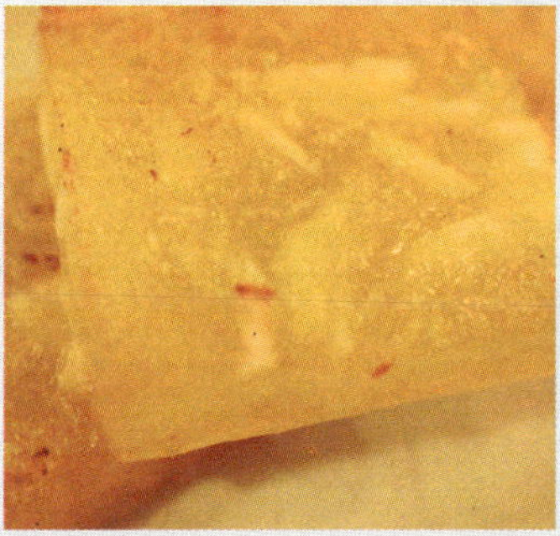

试想，一个女人肯花心思和时间把自己调养得健健康康的，生活相关自然也跟着水到渠成。可惜，我恐怕早已养成“餐馆胃”了。

“餐馆胃”是什么？是一种急切的、等待被满足的情绪。受不了文火慢炖，受不了几个小时等一锅汤，受不了青笋丝切得粗一点。是一种急促之中的挑剔。

我记得我是从何时开始爱上下厨的。

某个午后，我在厨房里，土豆、南瓜同烧，只放了油进去，其他作料还未入锅，不一会儿闻到满室南瓜滚过油的香气，只有一个字“暖”。当时便感叹所有食物真是神奇，各有各味，调后，又出百味，这便是食物的妙处。

这世上自然有许多“精”食，让人惊艳，但打动我的，还是那些“暖”的食物，好似带着故事、带着时光、带着记忆而来。像亲人的手艺，像故人的味道，像那些欲升还沉的往昔，像前世今生的连接。

什么是暖？

是少年时同学妈妈送的一只大葫芦，回到家里，爷爷刮了葫芦条儿包了饺子。

是幼年时一毛钱十颗，再后来一毛两颗也消失了的汽水糖。

是冬日里小姑姑泡的橘皮水和在屋外冻的苹果。

是邻居家刚打的枣、刚抓的泥鳅分了一小盆。

可惜，多年以后，无论在异乡还是在故乡，我们都不会抱着葫芦挤地铁了。那些溜光水滑的粗壮泥鳅打着“野生”的标签卖到了七八十块一斤。我不知道它们来自哪儿，但我清楚，它们不识得我故乡的田。

立冬那天晚上，我带着两个妹妹在这城市街道转啊转，后来找到一家私房菜。我们佯装那是自家的厨房，假装那是我们熟悉的味道。

也许是我越来越怀旧了，我常常跟着这些细枝末节的回忆走得太远，然后不可避免地开始伤感。没有办法不伤感，我们遗失的，确切点说，是一个柔软的时代，或者该说是那个柔软的自己。

而今，我带着一个急躁咆哮的胃，走在或熟悉或陌生的城市里，我发现它就像个怪兽一样，需要立刻被满足，立刻被喂饱，立刻被安抚，它需要方便面，需要面包，需要奶油，需要炸鸡，需要麻辣，需要激爽……需要一切刺激。

所以我通常会在情绪稍好或稍低的时候下厨，小煮怡情。但太兴奋没有办法下厨，食物锁不住兴致；太沮丧也没有办法，兴致辜负了食物。

由此可见，在外忙碌一天后回家仍能认认真真下厨，果真是件磨性情的事。

每一种食物都是一种情绪。

所谓成长，
便是我们成年后流离异乡长成一个餐馆胃。
二十岁之前那些午夜里的烈酒，
演变成了去厨房给自己下碗热汤面。

每一种食物都是一种状态。

大家常常提到一种病，叫“都市病”，直译过来，应该是落寞。只是，每个人打发落寞的方式不同，有人读书，有人恋爱，有人

运动，有人醉酒。如果你早一两年来问我，我是不是落寞，我会觉得这个形容词太尴尬难堪。眼下，我需承认，这是事实。

也许很不幸，每个人都落寞。

也许有人幸运，真的不落寞。显然，我不是。因为，我操控不了我的胃，它代表着一种情感渴望。我能做的是按照它的指示去满足它，而不是操控调理它。当意识到这一点的时候，我开始明白，我落寞。

落寞是一种又低级又实在的情感，我相信，它属于动物性。那种无边的、无所参照的、无所希冀的、没有来处的、难以诉说分明。然而，正是这种天然属性自始至终操控着我们。

它不是通过解决问题、解决麻烦可以解决掉的。是的，它解决不了。

它是生日宴后的一块干面包，是凌晨三点时的一罐冰啤酒。

它是我们的情绪，毫无征兆又无药可解的情绪。

太可怕了。

我拿它毫无办法，或者我有，我却不愿去抗衡。

至于为什么，我说不清楚。我想，每个人都会有种潜意识的沉迷，沉迷在一种下陷的状态里，更多时候，其实它比昂扬向上更吸引我们。

像炸鸡和啤酒，像泡面和奶油。

它代表了一个“不健康”的我们。

我自然也向往那个健康的我，可以认认真真下厨，可以操控自己的情绪，安抚自己的胃，去指引、教导它选择口味。只是眼下，也许还不到驯化的时候。

一撸青春岁月长

撸串是种街头文化，所以，它很青春。虽然现在大多在店里撸了，但其根本气质，还是属于街头文化范畴，充满江湖气，热气腾腾。据说在沈阳有种黄金搭配叫撸串配老雪（雪花牌啤酒），这个我是没有亲身感受过的。第一，我滴酒不沾；第二，我回家时很少撸串。因为放假不是“五一”就是“十一”，否则就是年底，这都不是撸串的好时节。记得有一次“十一”放假，我喊朋友，我们去撸串啊。朋友说，十月份的东北街头肉都凉了，还撸什么串啊，只好作罢。

前几天被拉到初中同学的微信群里，留在老家的小伙伴们仍然沉浸在喜气洋洋的撸串文化里，依然插科打诨狗扯羊皮宛如少年。甚至有同学开了烧烤店，但最后也是欢天喜地地关门大吉。没办法，熟人太多，朋友、哥们儿、同学，老板不仅打折还送酒，再喝大了干脆连 SPA、KTV 都送了。同学不无遗憾地说，哎呀，你都没来我店里吃过呢。

想起上学时候读私立学校，全封闭式管理，每月放假一次，但到晚自习时，我们还是会偷偷溜出去。学校所在位置离闹市区很远，周边不过一些烧烤店和小馆子。像电影《袭击面包店》里

的情节一样，我们不是为了去烤串，只是为了能从封闭的学校里跑出去。男生大多翻墙，女生嘴巴甜一点跟门卫大爷说几句好话便也放行了。记忆里，我陪女同学出去买烤串大概有那么两三次。买回来后，交好的几个人便大张旗鼓、热热闹闹在教室里旁若无人地吃起来。成年之后回头看觉得好没素质，但青春就是这个样子，一切乖戾的、反叛的、高调的，我们称之为青春。热气腾腾，混乱而躁动。

前几天有姑娘拉我出去撸串，两人“穷凶极恶”地点了一大堆。我说一看就是好久没出来放风了，姑娘说已经好几年没撸串了，因为身边人好似一眨眼都正经起来、成熟起来、高大上起来，连个能痛痛快快撸串的人都没有。

我说，撸串是种青春文化，因为它充满朝气，却难登大雅之堂。且不说年纪，一本正经的人是从来不会去街头巷尾撸串的，哪怕是店里也不会去，他们视之为不雅。我爷爷曾不无骄傲地跟我说，说对自己家教很满意，说他跟奶奶教育出来的孩子没有说脏话的，没有袒胸露背的，没有马路边上吃烧烤喝小酒的。其实，他只是不知道而已。想起表妹读中学那会儿，每晚放学总是让我去接她，因为两个人可以欢天喜地地买炸串，一边走一边吃，快到家门口吃干抹净毁尸灭迹，还不忘嚼两块口香糖。因为这种“垃圾食品”在家中大人眼里是被明文禁止的，妈妈们难免小题大做，说这个那个不干净，说哪里吃坏了人，恨不得有人吃死。

其实少年人对所有被明文禁止的“垃圾食品”的热爱，大抵也有点儿《袭击面包店》的意思，而撸串这件事便首当其冲。它由最初的标榜叛逆慢慢演变到炙烤青春，于是撸串的局里的人从旧日的同窗好友演变成了混圈的人，八流记者九流诗人十流作家，生蚝、扇贝、花蛤、脆骨、板筋、小腰、脖子、翅尖、心管、肉串……林林总总，一盘一盘地上来，再一盘一盘地撤下去。想起在广州街头撸串，生蚝从长途客车上一箱一箱地搬下来，路边排满矮桌小凳，月光散落无涯。想起在长沙街头撸串，一行人喝得七倒八歪，喝多的姑娘扯着身旁的男生告白。想起在北京街头撸串，国安夺魁，身旁穿同样队服的人认识的不认识的站起来碰杯。

青春好像就是这般模样，夏夜里的不眠，混乱，躁动，不安，热血沸腾，充满欲望，无处安放。

我喜欢武侠，喜欢剑客，喜欢刀客，喜欢江湖气。

人说江湖险恶，我反认为江湖百态反而是最安全的地方，易于隐藏。对面的姑娘一直慷慨热忱地诉说着近日遭受的委屈和不满，这种焦灼暴躁在此刻的人声鼎沸、推杯换盏中是再恰当不过的，倘若换到咖啡馆，想来必招致邻桌斜眼。我们难以做到永远泡在咖啡馆里松散从容，我们偶尔需要混迹到人群中咆哮。

午夜的烧烤店里多是已婚男人的推杯换盏，真真假假，虚虚实实，吹牛咒骂愤怒沮丧，皆在这种鼎沸之中。越鼎沸，人才能越遮掩自己。

常有人跟我感慨，喝酒的人多了，说话的人少了。很遗憾，

我不是个能陪酒的人，同样，我也很少陪人说话。一路走来，每个人都已自成方圆。我们不再热血地参与到他人的情感或情绪之中，同仇敌忾、划地为营，每个人的城里，到最后坚守的依然只有自己，实在不需也不可指望他人。

或许正因如此，撸串这种文化才难登大雅之堂，因为它实在太不够庄重正式，甚至有点儿带着自我放逐的意思。撸串的时候，你不能做决定，不能郑重其事，倘有几分真假，也多是混在插科打诨里就着扎啤一杯干下去。前一晚还哭个儿女情长、英雄气短，第二天甩甩脸又高冷严肃起来。青春，说到底，是场不认账。

能吃敢吃和能爱敢爱一样，都是年轻人擅长的事。等到有一天你想吃却耽于消化不了，想爱却碍于本钱太少，青春便也过去了。

糖

儿童节，小孩子忙着联欢，伪装成小孩子的大人忙着狂欢。

在微信上看到一篇文章，是说那些扮可爱过儿童节的大人，为什么那么多人希望自己长不大，希望自己永远像个孩子？

因为孩子看似拥有特权。

拥有无理取闹的特权，拥有不劳而获的特权，拥有不承担的特权，拥有被原谅的特权。

但这些“特权”，只是看似，也就是需要他人配合你。需要你的父母、你的长辈来配合你，他们不苛责你，你无赖他们仍觉得你可爱，你做错事他们也觉得你可爱。问题是，这不是万能的。

比如，你想不上学，不可以！你想不刷牙，不可以！你想多吃两颗糖，更不可以！

与小孩子息息相关的，便是吃食，我一直都说对于过于小的孩子，认知仍处于懵懂状态时，其实跟小动物差不多。他们的世界里，最大的事，便是吃。

而在所有吃食中，大多数孩子爱的都是甜食，都爱吃糖。

至于为什么人类爱吃甜，爱吃糖，好像没有什么明确的解释，只是说第一，糖口味好；第二，糖能补充能量；第三，糖能舒缓情绪。但小孩子吃糖，往往是被大人严格限制的。

最直观的震慑方法就是——糖吃多了长虫牙！牙疼起来要命这倒是真的！我小时候便满口虫牙，但在我的记忆中，我并没有吃那么多糖，多到可以养活一口的牙虫。现在回头想想，是因为那个年代物质相对来说还是比较匮乏，对于儿童成长所需的营养品之类，我们的父辈们当时还不大懂，所以小孩子缺锌缺钙缺这个缺那个是常有的事，而不仅仅是吃糖才造成的虫牙。

我小时候满口虫牙，遭了好多罪，经常一宿一宿牙疼得直哭。我妈便想尽各种办法，喝凉水、喝盐水、咬味精、咬花椒粒之类……现在回想起来真是奇怪，当然，也都不管用！

我总觉得牙齿里的那条大虫一定是故意的，白天的时候它不闹事，非到晚上闹起来，搅得人抓心挠肝地没法睡，太痛苦。我妈便一边拍我，一边吓唬我，说以后少吃糖吧！我当时脑子里想的是应该把满口牙都拔掉，这样它们就不疼了！

说起儿时的拔牙经历，倒也都非常有趣，那时候虽有牙医，但他们通常只管做假牙、镶牙之类的专业技术活，一般的牙齿问题，人们通常在家就可以解决。

比如，到了年龄开始换牙齿的时候，乳牙就会松动，但又不会轻易掉下来，忽闪忽闪挡在口里完全没用，而且很碍事。家家大人便自己动手给孩子拔牙，通常的是拿细线用准手劲儿做个扣

儿一勒就下来了，到我爷爷这儿，就更简单直接，我爷爷说你张嘴，我就把嘴巴张开，我爷爷用手指推一推我的牙，然后说能拔了。我说怎么拔，我爷爷说这么拔，我说那是怎么拔？拿什么拔？我爷爷说用手拔啊！

我不肯，吓得要命！我爷爷说不疼，一点儿感觉都没有。我还是不肯。

我爷爷说那你张嘴，我再看看，我就又把嘴巴张开。我爷爷拿手指推了推，然后飞快动了一下把手抽到身后去。我说能拔了吗？我爷爷把手伸出来摊开手掌，我的牙齿就在那里！

我很生气！觉得被愚弄！真的很生气。

然后我爷爷问我，疼吗？我想想，好像没什么反应，就笑嘻嘻地说那你把这个也拔了吧。我爷爷说，那个还不行，那个还没到时候。

按照老人的说法，下边的牙齿掉下来要扔到屋顶上，因为下边的牙需要往上长，上面的牙掉下来要扔到地上，因为上面的牙是往下长。每次我爷爷给我纯手工拔完牙后，我就乐滋滋地跳高往屋顶上扔牙齿。

虽然牙疼疼起来真要命，但疼的劲儿过去，糖还是必不可少。

我小时候喜欢的糖有汽水糖、跳跳糖、大大泡泡糖、大米糖、龙须糖，还有棉花糖之类。汽水糖是我记忆中最好吃的糖，粉嫩粉嫩的一小颗，一嘬一口水，最开始卖一毛钱十颗，后来一毛钱五颗，再后来一毛钱两颗，还没等到一毛钱一颗的时候，这种糖就彻底消失了。我总跑去问有没有，小卖铺的老板总是说没有，我便问什么时候有，小老板抱歉地说不知道呢。那种粉粉嫩嫩的汽水糖，在我的生命里便毫无预兆地走失了，再没出现过。后来，它有了表哥，叫酒糖，也很好吃，但我总觉得没有汽水糖好吃，汽水糖就是粉粉嫩嫩的小姑娘。

最粉嫩的是汽水糖。最天真的是棉花糖。最顽皮的便是跳跳糖。

棉花糖放到现在，依然天真，好像谁走在大街上捧了一个比脸还大的棉花糖，就立马减龄，立马单纯善良、天真可爱，真是个好道具。但这道具明显越来越贵了，尤其在商业区或景点处，一大朵棉花糖要卖几十块。当然，也花样翻新，出了各种颜色、各种形状。总之，高手在民间，做棉花糖的大师也比比皆是。我喜欢棉花糖，是因为它的制作过程太过神奇，从无到有，聚少成多，从颗粒糖砂，到缥缈糖丝，一圈一圈地裹起来，成了一个实体。这种场景就像变戏法，做糖的师傅就是魔术师。至于像《功夫》里的那种圆饼棒棒糖，我小时候是没有吃过的。

前几天在一家烤鸭店吃到一种新鲜的酱料，就是用鸭皮蘸蓝莓酱然后再蘸跳跳糖，口味竟出乎意料得好，也颇为有趣。小时候一把一把地含跳跳糖，也大多为了好玩，听着口腔里噼噼啪啪、哔啦哔啦打得舌头麻麻的，像是恶作剧。

长至少年时，出了一种糖，叫秀逗，口味太刺激，我却爱得不行。当时与朋友玩伴做惩罚，便总是罚对方吃秀逗，他们不知

道这对我来说却享受得很。

我从小喜甜食，长至今日，依然如此。背包里总是放着两三种糖，随时用来应急。比如感觉恶心的时候，有柠檬糖；需要提神的时候，有薄荷糖；胃饿得发慌的时候，便有巧克力。其实我倒不觉得是我身体缺什么，只是天长日久，已然形成了一种心理依赖，就像每次吃完正餐后，我总觉得如果不吃一点甜的东西就没有吃饱。说到底，其实是心理作用。人的心理和生理本就是紧密联系在一起的，所以，慢慢地，我的身体便习惯了被甜食满足，靠甜食平衡。但我很清楚，其实这是情绪上的东西。

记得冬天的某个傍晚，到了下班的时间，我整个人情绪跌至低谷，沮丧得不行。我跟同事姑娘感慨冬天真是让人忧郁，同事姑娘看了看我，然后丢给我两块糖。吃完之后，精神大好！同事姑娘说，你这哪是忧郁啊？明明就是饿啊！

据我观察，可能女人比男人更爱吃甜食，因为女人的情绪比男人的情绪易波动，而甜食是安抚情绪的良方，所以女人和甜食就形成了一种微妙的类似真爱的关系。用甜蜜这个词来形容爱情，在我看来，这明显是出于女性的角度，虽然男性坠入爱河也感到甜蜜，但这个甜蜜度与女性的感受来讲，应该是不能比的。让男人来形容爱情的话，他们可能更容易将爱情形容成老白干、火锅、扎啤、小龙虾、皮蛋瘦肉粥……能将爱情形容成甜蜜的糖或巧克力的男人，我猜，如果不是为了迎合他们的女伴的话，那应该是少数。

所以，糖或甜，在女性世界里，代表了一种绵软又浓郁的深情，代表了一种直观的幸福感。试想一下，如果婚礼现场不是为了满足女性的审美以及情感诉求来布置，而是以男性诉求为主的话，该是什么样子？怕是宾客满座，推杯换盏，吆吆喝喝，说不准哪里有人喝多了就打了起来。

这个世界秩序的缔造者可能是男性，但平衡秩序、保持和谐推进的，是女性。因为在女性身上，有种像糖一样的，绵软又浓郁的深情，这种深情，便是维持平衡的韧性。想起多年以前在成都的冬天，当天雨夹雪，已经到了年底，我很快就要买机票回家，第二年便不再去了。一个姑娘听说我要走，搭了两三个小时的车来看我，并带了一大包糖。她说这是我家那边的特产，你一定要尝尝。

她冒着风雪，同行的还有一位姑娘。她给人家做介绍，说这就是谁谁谁了。同来的姑娘便说闻名不如见面，说总听她提起我。

时隔多年，当时我们匆匆见面到底聊了什么，已然都不记得了，只记得那个飘着雨雪的傍晚，在夜幕将垂时，我的好姑娘带着她的糖赶来看我。

我想，这便是女性特有的角度对这个世界的表达方式，温软的，坚忍的，干净的，让人心里暖暖的。

也愿我们在日常生活中，经常邂逅被送一颗糖的平和的幸福感。

秋日吃茶

一年四季，我最爱秋天。

或许是小时候在乡野长大，对时节尤为敏感。春日多情，夏日多梦，秋日多思，冬日多憋闷。人类之于自然，万物之一种，不可能不受影响。所以一年四季，也多烦躁。

但秋日的烦躁与春夏不同。

春夏是要生发要打拼要远行的烦躁，而秋天，是另外一种烦，虽也心系远方，却更适宜登高望远。秋日之烦与冬日之烦有些相近，但无奈北方冬天太过萧索，难免太过苦闷。相比之下，秋日的烦要灵动些，却又比春夏之烦庄重静雅。

我喜欢这种庄重。

应时应景，秋天便最宜吃茶。看似越吃越清醒，其实醉心。秋天其实才是最易动情的季节，所以，要拿茶香来化一化。

关于茶，我当然没什么研究。虽然陆羽的《茶经》，国人、日本人写的茶道也买了几本，但都是翻两页就搁置一旁了。用一位年长的朋友话讲，他说，你一个小姑娘，想必也没喝过什么好茶。

我便想，什么是好茶？

我对于茶倒并不陌生。小时候父亲便差母亲买各种茶，逢人待客，我那时隐约知道一些茶的名字，龙井、碧螺春、铁观音之类。那时候家里还不用功夫茶茶具，北方民众彪悍，更别提是东北。家里的茶壶是高壶紫砂，很大，壶身印细梅，配了八只杯，没有成套的托盘，母亲便精挑细选买了一只搭调的。

母亲偶尔差我泡茶，却又在一旁监工，无非就是茶叶放多了。母亲在一旁说：“多了多了。”我说：“你怎么那么抠门？”母亲说：“去你的，败家子，这茶可几百块一两。”放在今日，几百块一两的茶算不上顶好，但那时候是九十年代初。可惜，我无感，因为我不知道一两是多少，只知道这茶叶貌似金贵，母亲不让放太多。嗯，还是抠门！

那时候我对茶叶无感，只知道闻起来香香的，喝的话，我情愿泡橘子皮。

在我眼中，花茶不是茶，是花。

但我喜欢上茶，是从花茶开始的。因为泡起来实在好看，干瘪瘪的一朵，丢到水里，沉下去，又浮上来，静静绽开，恢复了活力。好像还活着，还在枝上。

我早年便爱泡花茶，跟味道无关，单纯为了好看。而且我觉得花茶味道一般，因为花色浓，闻起来惊艳，却味不入茶汤。

味不入茶汤，便差了一层，总觉得缺点什么，才正式喝起茶来。

其实这里也有个缘由，姑姑家每年接的茶两三年也喝不完，每次我去，便分一半给我。一来二去，我便养成了喝茶的习惯，而且买了喝各种茶的杯子和壶。

喝多了，也便大概分出个好坏来。

中国人向来讲究待客之道，“茶，上茶，上好茶”，这个“好茶”多半是家中有长辈来，我才会泡，显得庄重一些。

你若问我什么是好茶?

简单点说，不如问舌头。

我手上存茶二十余种，除去花茶类，也有十多种红茶、绿茶、青茶、黑茶。青茶闻起来香，却茶汤味淡。红茶、绿茶、黑茶中，唯独觉得入口不滞的只一款。这个“滞”与“不滞”，要看舌头。我这么多年喝茶，让我有“不滞”之感的，唯有两次。一次是我手中现存的一罐茶，一次是在一位老师家。虽然手上其他的茶味道也不错，但也止于香，不至于称赞。

我想，所谓的一茶一坐一期一会里，大概有这一层意思。一切皆是偶然，得之珍重，安享观望于当下。

碰到好茶，碰到好人，碰到好事，皆是此理。

我们生命中的那些好，都是因缘际遇中的一环，可遇不可求。

好茶的另外一层意思，是应时。

遂才分雨前茶和明前茶。所谓好，便是最应时。可这应时最难，因为时有限。这个时也不仅仅是时间，包括气候、温度、湿度、手法、工序、火候……所有所有的细节。

此谓应时，应时当然极好。可是，有几捧茶、几个人能应上？

我曾说过，我们一生所求之事，不过是个应时。该成长的季节里青葱，该成熟的季节里收获，该恋爱的季节里有好的爱人，该奋发的季节里有好的机会。此乃应时，但太难。

因为人总是后知后觉。你在二十岁的时候，永远不懂二十岁。同样，你在四十岁的时候，也未必懂得四十岁。

我们总是应不上时，能应上的，少而又少，又何其聪敏幸运。

宫二说：“想想说人生无悔，都是赌气的话，人生若真无悔，那该多无趣啊。”人生自然不能处处应时，倘若真能，也是无趣。

而有趣，往往在无益里，往往在有憾里。因为人的情感，通常只关注自己丧失的那部分。

很多人说秋日清冷，看似凉薄，我倒觉得丧失之际，正是情至浓时。

太浓了，才要喝口茶，压一压，化一化。

茶与人生一味，不管夕阳照旧还是窗含冬雪，之于何时、何地、何人、何事，一个“好”字，可遇不可求。能品的，只是一花一树一念一恨的当下。

我之所以悲观，是深觉当下也可遇不可求，稍纵即逝。生而为人，身置当下，却又要永远后知后觉。

也罢，不妨闲坐吃茶。

恰食

今春气候反常，尤其三月尾开始，倒春寒倒得厉害，搞得身边有姑娘感冒拖拖拉拉病了两个月，更有姑娘为了某粮食品种事件公关不得不匆匆忙忙连轴出差。民以食为天，放在农民那儿，赶上这么厉害的倒春寒，收成攸关；放在我们这儿，便只是要加一加衣服，改一改菜单。

人的口味，对吃食的欲望，是与气候气温紧密相关的。最日常的莫过于天冷时爱吃重口荤腥，天热时爱吃清爽寡淡，原本该是天气转暖口转淡的当口，赶上春寒太重，荤腥鱼肉便成了——不能停！

想吃各种肉食，烤鱼、烤肉、红烧肉、扣肉、千层肉、酸汤鱼、水煮鱼、毛血旺、跳水牛蛙、皮皮虾、鸭头、鸭下巴、干锅鱼杂、羊肉锅、羊蝎子、羊棒骨、猪蹄火锅、酱肘子……好吧，咽口水，最想吃的还是大肘子。

蒜泥肘子有家做得极好，是早时的老味，味道很家常随意，几乎不用什么香料，做得朴实地道。是翠花胡同里的一家三十多年的老店，叫悦宾。可能很多人听说过，之前在美食栏目里被反复报道过，但因为在胡同里，地方着实有些不好找。

我第一次去悦宾，还是被朋友带去的。看着不起眼的店铺，装修太过简单，还保持着过去的白桌布和一次性塑料桌布。服务员也都保持着国营时代的白衣，态度一般，服务一般。但菜上来后吃一口，真真是惊到，看着毫不起眼的东西，完全保留了记忆里的老味。我想，这才是吃食口欲里最让人感动的部分。尤其人越老，越怀旧，越爱老味。我后来时常去吃饭，曾见店里有位老人自己要了条松鼠鳜鱼要了碗白米饭，仔仔细细，吃得干干净净。这场景细想之下，真是动人。一家老店，老味儿，老手艺，陪了一个人半生，在这个换招牌换菜单换厨子常换常新的时代，该是有多难得，又维系了多少人情的味道和时间的味道。

对于一个醉心于吃食的矫情文青，吃食里，有人情，有味道，有感动，有热泪盈眶。当然，还有一点很重要，要有缘分。

吃的时间、地点、心境、氛围、人、菜单，无一不重要。

这家老店后来我经常带朋友前去，大家都很喜欢，最后也都是一去再去。唯独一对朋友，我带她们去时，两人面露难色。我当时心想可能是第一印象觉得环境简陋，但吃起来就好了。果然，几道招牌菜热腾腾地入口后，其中一位才道明其中缘由，说之前有人请饭便约在这里，地方难找，两人堵在路上，待两人又焦又饿地赶到后，一大桌人早吃得七七八八，只剩下残羹冷炙土豆丝之类，所以知道我约在这儿，便有些抵触，没想到这次竟然完全反转。

嗯哼，吃要恰食，要讲缘分，讲究与菜的缘分、菜的火候，菜品的选择，更讲究一桌吃客的缘分。跟什么人吃饭很重要，同样一桌饭，跟喜欢的人吃别有滋味；跟讨厌的人吃，恐怕巴不得早点离席。若是遇到礼数不周人还没到齐就开吃最后剩给人家冷饭冷菜的，真是对人对菜对招牌都难有好印象。

记得表妹读大学时初来京，我带她各处寻吃，逛胡同，逛园子，逛展览，泡小酒吧、甜品店、咖啡馆。曾经有人在我年少时对我说，当你喜欢上一个人时，你就会喜欢上这座城市。多年以后，我跟表妹说，你喜欢上一座城市，要从吃开始，这是最直观有效简洁有力的方式。

所以，吃食最容易让人心生好感。若放在社交范畴，里面则有很大学问。

我自己总结为“恰食”，就是恰当的口味、恰当的时间、恰当的地方、恰当的人。

这两天看网上热转一条微博，大意是说就算三观再相同，趣味再相同，目标再一致，口味不同，也是没办法在一起的。嗯哼，这点，我是同意的。夫妻之道，在于相处互动，想想一个人忙活一下午精心准备了一桌晚餐，结果对方说“我不喜欢吃这个口味”，或者反应平平，也实在是无趣，就像被人兜头浇了冷水。也有人说，可以各吃各的啊，自己喜欢什么做什么，自己吃啊。这办法虽然可行，但着实让最应有烟火气的居家日子大失味道。

恰当的时间有两层意思，一层是菜品是不是应季的，现在几乎市面上见到的所有蔬果，要么是温室的，要么是转基因的，虽然种类繁多，却早已失掉原味，玉米没有玉米味，草莓没有草莓味，黄瓜没有黄瓜味。母亲一代人还讲究尽量吃应季食物，到我们这儿，就很少能顾得上了。我有次从北京回沈阳，邻座一位成都的外婆带了超俊的小外孙同行。外婆说，自己在乡下特意租了院子养了二十多只鸡，为了给小外孙煲汤喝。外婆说，外面市场上卖的东西哪里要得。

另一层则是指菜品的火候，火候过了便老，火候不到又夹生。前两天看新闻里说，没有炒熟的四季豆，是可直接导致人体中毒的。烹饪的精妙，在于火候，纵然给你同样食材、同样作料，两个人做，最后味道却不同，为什么？因为火候的掌握，这便是一道菜的神。有的菜需要刻意过火一些，有的却要偏生一些，这就要看下厨的人对火候的拿捏控制。

恰当的地方自不必说，围炉暖酒，临江吃鱼。江边吃鱼是为鲜，待到干涸之地，鲜鱼只能成咸鱼，成鱼干。再简单点，就是用餐环境，有些饭店的菜，口味其实一般，但环境及服务超好，便也成了宴请之上选。最简单的例子：海底捞。海底捞火锅肯定不是同类火锅里口味最好的，真要排起口味来，怕是默默无名，但胜在服务，让人觉得亲切周到人性化。

最最重要的，怕是要恰当的人，跟不喜欢的人吃饭着实是折磨。而且，约饭是件细心周全的事，你不能跟只喝茶的人约酒，

不能跟只喝酒的人约茶，这是同一个意思。还有我之前说过的，不太相熟的人，是不宜一起吃重味的东西的，比如火锅烤肉之类。大家不够相熟，同用起来有所芥蒂，再说满身烟火对于不够相熟的人来说，着实不雅。如果一个跟我不熟的人约我吃火锅，我觉得这个人在这方面，是不懂礼数的。

作为一个矫情的单身人士，很多饭，我是自己吃的。朋友的时间经常碰不上，要么就太远，大家各忙各的，想了一圈，找不出个合适的人来，便自己吃，这是我的原则。就算自己吃，也不会跟不相干的人吃，我没好感的人，我是从不赴饭局的。因为在我的界定里，吃是件极私人情感的事，饭桌上对面坐的人说的话败胃口，实在连再好吃的食物都会辜负。

曾经同位男士吃饭，吃的东西其实是我喜欢吃的，但整顿饭期间，我的心思都在目测他跟我的间距有多远。他坐在我对面，因为店里人多有些嘈杂，他说话时便向前倾身，我便坐直靠在椅子上。由此，就知道我是个多矫情多事儿的人，嗯哼，不喜欢的事和不喜欢的人其实是同一回事，因为对方做了你不喜欢的事，所以，你便很难喜欢这个人。我们总说谁挑剔，好像是针对挑剔某个人，其实不是，而是挑剔做事，并非针对某个人。

想想在北京这样一座拥堵的城市，上了一天班，下班后要在路上堵一个多小时，去赴一个人的饭局，还能为什么？因为喜欢！所以那些不辞辛苦赶来赴饭局的小伙伴，真真是歃血之交！至于那些以“今天有点累”或者“最近太忙”“路上太堵”为理由不能前来陪你吃饭的男女朋友，自己去想吧——不够爱啊！！

跟喜欢的人，吃顿欢喜的饭，是最有人情味、最暖心的一件事。就像有的人书里写的那样，所谓婚姻，就是跟喜欢的人，吃一辈子欢喜的饭。说来动人，但操作起来是很难的。你不知道哪天你喜欢的人就不喜欢你了，甚至你预料不到自己有一天会不喜欢对方了。你无法预计你的餐桌上是天天圆圆满满一家人有说有笑，还是一顿饭貌合神离食不知味，抑或应该在场的人永远坐不全。这情况在眼下一线城市中，怕是越来越多了。

我曾想过做个私人厨房，就叫“应食”，应时，应情，也应景。但仔细想来，实在太难，就算可应时应景，应情也太难。倘若有行为让我生厌的客人，我真怕自己分分钟把人赶出去，并永远列入黑名单。所以，我还是干不了这行，因为我不是个市场化的人，一切还停留在原始股，估计永生也上不了市。

但我喜欢这些原味，吃食里的原味，人情里的原味，人心上的原味。它们质朴实在，让人心安踏实，它们不是最好，却是不可效仿，最不同。

铜锅煮三江

说火锅，怕是要在国人最喜欢的餐食里排前三了，甚至是第一。尤其在北方，符合北方人热热闹闹结队为伍的性格，一桌人围坐，中间突突冒热气，鲜的、辣的、荤的、素的、红的、绿的、白的、黑的一股脑儿下进去，肉在锅里翻着，大家热热闹闹地畅聊，想想就生动。

我猜目前在全国最流行的应该是四川火锅，就是红油底料，要多辣有多辣，又辣又香。端上来就油汪汪、红澄澄，色泽非常好看。四川火锅的精髓在底料，比如享有盛名的重庆火锅素来打着牛油底料的招牌，单是炒底料，就得用上十几二十几种原料，甚至更多。大家都说川菜首屈一指，而且绝大多数四川人都很会做菜。我猜，这跟他们舌头的灵敏度有极大的关系，想想几十种原料混在一起，稍有差池就会走了味道，麻辣生香鲜生百味全在舌头尖儿上，砸摸砸摸就能辨出来，长久下去，个个都是正宗吃货！

至少我认识的四川朋友，几乎个个都会做菜，而且都做得一手好菜。更夸张的是有次一个姐姐在家做了牛肚锅，完完全全是自己炒的底料，味道绝不逊于正宗餐馆。自此，我对川人的烧菜天赋深信不疑。

几年前我在成都过了一个冬天，也算是正式见识了一下南方冬天所谓的“湿冷”。衣服、床、被子永远不干，摸什么都湿冷冰凉，以至我天天怀疑是不是养的狗跳到床上去尿尿，后来才恍然大悟，就是因为太潮。我二〇〇九年到北京工作的第一家公司，有个同事姑娘是湖北的，那时她感慨从来就没过过这么舒坦的冬天，南方人一到冬天生冻疮是常有的事。另一个同事打趣她说“一看你这就没过过好日子”。的确，过冬的话，北方才是好日子！

说来也怪，那时候在成都，一个月能看见太阳的日子也就那么一两天，偏偏所有喜事都在这一两天，想来看黄历算日子这种事还是颇为神奇的！但剩下的二十八天，就完全是潮湿冰冷的，让人很是不爽利，尤其对于我这种北方大太阳下长大的姑娘，觉得自己完全潮成了蘑菇，还是长了青苔的！这种冰冷潮湿里，热辣辣的川锅尤为重要，简直是重头戏，甚至对川人来讲必不可少。

关于吃，除了我们常说的靠山吃山靠水吃水本地特产就地取食外，我在广州时的一个朋友给了我另一种解释。他说，各地方吃食最主要的还是要跟各地气候紧密相关。他说，你看粤菜清淡，因为我们这边太热，天天像北方人吃得又重又咸，我们身体吃不消的！

我当时初到广州，两周内却连吃了四次小肥羊！那时刚到广州，确实吃不惯粤菜的清汤寡水，想寻北方菜最直接的，就是去小肥羊吃火锅。下午四点，整整一层，除了我一个客人再无其他桌，想来场面也真是诡异。再后来搬了住处，仍是去吃小肥羊，还是一个人，以至迎宾小姐再三跟我解释说这是火锅店，我说我知道，她问几个人，我说一个，她便再强调，这是火锅店，我说我知道啊！

正是广州那位朋友让我改变了对粤菜的看法。我当时跟他说粤菜不好吃，他说你不能这样讲，好吃与难吃，只能同一个菜系甚至同一种菜做对比，你不能以自己北方人的口味批评说南方菜不好吃，只是你吃不惯而已！醍醐灌顶，于是，我开始试着接受南方菜，到后来，我的口味已然更偏南方一些。

成都、重庆则与广州完全相反，正因为潮湿，所以才少不了油辣，人体需要这些来祛湿御寒。但总体说来，现在外面吃到的川菜川锅还是改良过的，川蜀本地的，怕是外人还是吃不惯。至少我在成都时，完全消化不了那种麻、那种辣，身体四处上火，搞得最后只好自起炉灶白粥青笋。

相对川锅、北方铜锅、潮汕锅以及其他地方火锅，我最中意的还是自家铜锅。

老北京铜锅涮肉到现在也一直是本地招牌菜。小时候在东北，其实也是铜锅涮肉，而且不用到外面去吃，自家就有。

作为一个文青，我觉得铜锅本身就很有魅力，古朴，有时代感，由此，也更有人情味儿。

小时候一到冬天，家里常常烧铜锅，要烧炭，一半红一半灰的炭火也让我觉得很漂亮。由此可见，我从小就是“好色之徒”，

迷恋一切光线色泽。托盘里要盛一点点水，然后在铜锅底部烧炭，上面的通风口可调火势，都说肉片沾到锅壁上是不能吃的，我倒真的爱肉片沾到锅壁上嗞拉嗞拉的声响。

铜锅锅底再简单不过，最最简单的单放白开水也行，也可加木耳、蘑菇、葱姜、红枣之类。我记得小时候家里煮火锅爱放螃蟹，那种小小的干螃蟹。之后，牛羊肉是基底，其他的，爱放什么就放什么吧，萝卜、白菜、茼蒿、豆腐、木耳、鲜虾、各种丸子、土豆、地瓜……放菜要分层次，要先放肉，这样锅里才有油，也有了肉的鲜，之后再下其他菜，才更好吃。

那时候是不吃什么毛肚黄喉百叶的，这些当时在东北还是很少见的。我是长大后吃川锅才开始吃这些东西，但我始终觉得，毛肚跟铜锅的麻酱才是绝配。

川锅精髓在底料，那么铜锅精髓就在调料。

最最关键的是麻酱！然后才是红白方、韭花酱、辣椒油之类。麻酱一旦不好吃，满满一桌再新鲜也是白搭！而且铜锅有一个好处，酱完全可以凭自己口味随便调，哪怕你放蜂蜜兑雪碧都没人管你。

现在在北京，铜锅仍是常见，只是大多不烧炭了，改用酒精块儿。我记得小时候烧炭的铜锅被淘汰后，就来了插电的铜锅，味道到底一样不一样，说不清楚，但从心理上讲，始终觉得是不一样的。

我想每个人追的、怀念的，或许都是最初的味道。暖的，与生命混在一起的，最初的那种古朴粗拙。如果理性点，随着用料越来越繁多精细，其实应该是现在的更好吃，但大家都在怀念最初的味道，并深信不疑那才是举世无双的好味。

邀人涮锅，是个很礼仪性的东西。

不太熟的人是不要一起涮锅的，至少我与不熟的人同吃一锅是很介意的。

再有，约人谈事、男女最开始约会，也不要一起涮锅，首先火锅店通常嘈杂，再吃个大汗淋漓，实在不雅。

像我这么事儿的人，中午是百分百拒绝任何涮锅的，吃了一身味道，下午无论办公还是出去见人，都非常尴尬。以此类推，米粉之类的也在此列！

总之，**我始终觉得火锅是个很私人情感的东西，只有那些能贴近你本真热情的人，才能坐到一起。你不介意跟他同吃一锅，不介意吃得大汗淋漓，不介意在人声嘈杂中跟对方扯着脖子说话。**至少对于我这类人，**吃火锅，是可以检验友谊的！**

下厨房

二〇一五的年冬天来得尤其早，公历刚十一月初，北京竟然下起雪来，而且还不小。

天寒，人懒，懒得做事，懒得动弹，连心思也跟着软起来。

所以适合想念。

想爱人，没有。

想朋友，在身边。

想家，这两个字对我来说一直都有点尴尬。因为我不知道这个家应该怎么界定，有父母的地方？至少对我来说肯定不是这样，我早年就与父母关系失和，这么多年一直如此，未见改善。连我爷爷都出面劝过，但无效。

有多大仇？

一个商人加直男癌的父亲，碰上一个文青加女权的女儿，有解吗？环环相杀。

所以，很多人提到家觉得温暖，但对我来说，尤为尴尬。至于母亲的存在，在我眼里，不过是父亲的爪牙，我父亲指东她绝不向西，我从情感上同情她，但说到底终归也是陌路人。

一直以来，维系我跟“家”这个概念有所关联的，是父母之外的旁人，是从小将我带大的爷爷奶奶，还有一个人，便是我大姑。

用我大姑的话讲，她始终觉得我投错了胎，本应是她的孩子。

我大姑长我爸两岁，但结婚晚，她结婚时，我已会走路说话。据说当年我姑父追她很是下了一番功夫，其中很大一部分是花在我身上。没办法，我大姑太宠我，我姑父便只能眼明手快投其所好。确切点说，我从小是被爷爷奶奶和大姑一起带大的，所以，我跟我大姑的关系也就不言自明了。多年以后，我爸为此耿耿于怀，其实我能理解，谁能高兴自己家孩子跟父母不亲跟旁人亲呢？但没办法，我跟我父母之间的情分，自小就没种下，这种东西是补不回来的。

所以，我常说想家，一般都是指我爷爷奶奶或者我大姑。

人的记忆，其实是很生理的东西，你想念谁，是很具体化的感受，比如你想念一个人的味道、一个人的习惯、一个人的温度、一个人的面容、一个人的声音……我们常说想家，总说想念母亲做的一口饭、一道菜，而到我这儿，变成了我大姑一手好菜的味道。

我大姑是我家厨艺最好的人，这点毋庸置疑，所以每次放假回东北，我都很难在外面饭馆找到饭吃，因为外面饭馆的手艺还不如我大姑的手艺。我大姑今年五十多岁，厨龄却将近五十年。那个年代苦，我奶奶又是顶没耐性的人，所以我大姑说她八岁就开始做饭。做巧了，也做伤了。记得有一次我妹妹去我大姑家，

本是想恭维她，说她做饭好吃，就是爱下厨，没想到我大姑一听就不高兴了，说谁爱天天拎着饭锅伺候你们？唬得我妹半天没敢吭声。话虽这么说，但吃饭时还是摆了满满一桌子菜，而且最后几乎都光盘。

我写旁人厨艺，总写谁谁哪道菜做得好，但到我大姑这儿，好像没什么好形容的，最好的形容就是光盘。我大姑心思美，手也巧，自己看见外面什么好吃的好玩的好看的，回到家就开始研究。有一次来北京，我跟她一起出去吃饭，我跟她都爱吃甜，便点了糖芋苗。她瞄了两眼说，等我回家给你做。等我回沈阳时，果然做了满满一大罐。表妹跟我说："我妈真是舍得下料啊！"姑姑问我味道怎么样，我说好吃，就是有点干，大姑说："下回，下回就好了！"

今年立春的时候，我心血来潮弄了春饼，还拍了照发朋友圈，全是点赞的，唯独我大姑在下面轻描淡写来了一句"菠菜炒出汤了，怎么包？"我心想，眼睛真毒啊！这才是行家。

说了我大姑心美，干活儿利落，做菜讲究色香味俱全，旁人做菜粗了细了挂色不好都要被她数落一番。自己买了什么豆浆机、酸奶机、面包机，这还不算，竟然自己在家做煎饼馃子。我姑姑说感觉挺好吃的，但嫌外面做得不干净，便自己在家动手，还嘱咐我爷爷特意去煎饼摊问老板买了个专用小推子。用我表妹的话讲："我妈人生三大志趣——唱歌、跳舞、买锅！"

精于厨艺的人，对厨具不可能不讲究。我眼看着她的锅买了一个又一个，电视购物的，朋友推荐的，商场导购推荐的，甚至电梯里听路人说的。为了烙饼好看，特意买了电饼铛，还一口气买了两个，自己家放一个，我爷爷家放一个。我爷爷说家里锅能烙饼，我大姑嘴一撇说："那烙出来的多难看！"

某次来北京看我，竟然自带了面粉和擀面杖来。我说我这儿都有啊，我大姑不屑地说："你这面好吃吗？你看看我带这面……"嗯哼，这才是追求吃的纯粹境界。

厨艺好的人一定要嘴刁，这是肯定的。

我大姑嘴刁，这没办法，因为她厨艺太好，家里人做饭都没她做得好，那只能多受累。旁人做时她在一旁看着，看着看着就看不下去了，把人从厨房撵出来，又成了她掌勺。有次"十一"回家时，赶上她去参加同学会，要跟老同学一起去长白山玩，问我行不行，我说行啊，去啊。她说："你好不容易回来一趟，都没给你做顿好吃的，我多不落忍！"

我姑姑出去，家里便成了我跟表妹掌勺。显然，表妹得了我姑姑真传，虽然极少下厨，但厨艺也相当了得。一道煎黄花鱼把葱从中间竖撕开，拿里面的汁液在鱼身上涂了又涂抹了又抹，再抹姜汁，再拿各种调味腌，一边腌一边拍打，果真像模像样。

有一种父母叫作"别人家的父母"，我姑姑和我姑父便是这种。我姑姑说，虽然当年经济条件不好，但养我表妹，是手把手照书养的。我忽然想起我小时候会的儿歌和故事，其实都是我姑

姑胎教时学来的。

人跟人是有差别的，家里所有孩子都喜欢去我姑姑家，寒暑假宁愿不回家都在她家闹。说到底，我姑姑和我姑父在孩子管教上比较开放，我姑姑对我表妹常挂嘴边的一句话是："我不求你出人头地，你自己开心就好。"这话说来简单，但问问所有父母，又有几个真能做到？

关于我的爱好以及我从事的行业，我爸一直颇有微词，觉得我所谓的追求都是无稽之谈。在我爸的观念里，如果你不是一个有钱人，你就什么都不是。有一次我爸跟我聊天时竟说："你们现在都爱去你大姑家，爸可以理解，因为你大姑家现在经济条件好……"我真是差点吐他一脸血！所以我爸觉得自己委屈，跑到我爷爷面前诉苦，说不明白自己做错了什么。

也许没做错什么，只是有这么一位姑姑比着。我姑姑跟家里所有孩子说过这种话，她说："不管你们遇到什么，别怕，有大姑在，不会不管你们的！"其实我们都明白，正因为她成长中得到的太少，所以她对孩子这么在意，甚至，是别人家的孩子。

我始终记得我读初中时住校，一个月回家一次。那时候年纪小，其实对家没有太多牵绊。我姑姑来学校看我，那时姑姑家经济条件不算好，她从车站走到我学校去，走了一个多小时。我姑姑看见我时，眼泪汪汪的，觉得这么小的孩子开始在外面独立生活，而我看着我姑姑则一脸尴尬，那么多同学人来人往的，她怎么就哭了呢，多丢人啊！更因为她去看我时，实在没有精心打扮一番，整个人感觉又土又㞞的。

少年人的虚荣！关于这一幕，这么多年压在我心底，甚觉惭愧。我想我当时的情绪，姑姑是感受到了的，她没想到，自己心心念念赶去看望的孩子，竟因为她不够撑面子而尴尬躲闪。其实姑姑是个极其敏感的人，我当时完全没有意识到，我的这个反应伤了她的自尊心，更伤了她的情感。

在我快三十岁的时候，我姑姑仍愿意一个电话大老远从家背面粉和擀面杖来给我包顿饺子。而高中时，我爸妈开车去学校看我，问我想吃什么，我说好久没吃饺子了，我爸开车去饭店给我买了两盒。这件事后来被我爸宣扬得尽人皆知，意思是我这样对孩子还不够好吗？还不够在意吗？

所以，有一种父母是别人家的父母，亲子之间的失望，何尝不是相互的？

说来倒是有些讽刺。家里这几个孩子最留恋的味道，竟然都是我大姑的手艺，而不是自己父母的。难道我们真的嘴馋到因为别人家的饭好吃就投奔别人家吗？因为别人妈妈手艺好，就亲近别人的妈妈吗？

为人父母，为人长者，肯在厨房里，下心思给孩子做吃的，研究什么东西对孩子身体好，什么东西补，什么东西健康，怎么做好吃，我相信这样的父母在其他方面对孩子也一定是尽心思的。

自己一个人身在他乡，城市越来越大，节奏越来越忙，越发觉得什么是爱。爱是极其简单的一种表达，就是愿意为你花心思。哪怕她已经很累了，很厌倦了，很抗拒了，甚至她自己正在减肥，一口也不会吃，但她不会让你凑合，而是认认真真做一桌子菜。她舍不得糊弄一下打发你，她觉得那样对不起你。

不是她太闲，也不是她必须，而是，你在她心上。

在我亲子情分如此寡淡的此生中，还好，有这么一个人一直这样守着我。让我想起“家”这个词的时候，还有味道可怀念。

我很感激遇到她，真的。

北京城最好吃的糖炒栗子

秋天是划属给超大毛衣和糖炒栗子的季节，一阵风从脖颈处掠过去，缩了缩脖子，闻到巷子深处热腾腾的糖炒栗子的香气。

我常开玩笑说，我的最大职业规划是夏天去蹬三轮车，找个树荫处躺在车上看书睡觉，秋天开始转行卖糖炒栗子和烤红薯，哦，外加茶叶蛋也可以。

说到茶叶蛋，我还真做过两次，就是前段时间台湾专家言称大陆民众吃不起茶叶蛋的时候，我一时兴起凑热闹试了下手艺。

在网上百度了下做法。朋友跟我说做茶叶蛋用不着好茶叶，用好茶叶是浪费，但我不信邪，我坚信一分钱一分货，于是用了还不错的红茶。果然，味道出来后，还是大有不同。有茶叶本身的清丽淡香，清减了酱油的味道，小锅煮五六个，入味均匀，整体口感少了重油盐的浊沉。当时还想，这样一个茶叶蛋，要卖多少钱合适？

说到糖炒栗子，全北京城最好吃的，怕是原来我家胡同口路边上那家。

糖炒栗子，手法很重要，火候，下多少糖，放多少砂，什么时候下糖，什么时候放砂，炒到多热，栗子呈色，开口大小，翻炒手法……如此种种，多有讲究。

大家在街面上看到的糖炒栗子多是开口的，色泽饱满，浑圆个儿大，上相得很。但我家巷口那家，是闭口小栗，要比平常我们买到的栗子小得多。

软硬适度，没有糖炒得那么干，反而有些糯，沙甜得很。说起来好像没有太多可形容，但栗子的软硬其实就是大关键。我们平常买到的栗子即便甜，也多偏硬偏干。偏这家小栗，有糯的感觉。

在这个地方，一住便是几年，所以秋冬便早早想着这家的栗子。

老板常跟自己的婆娘斗嘴，老板娘嫌老板慢，老板便一甩头说：“你来？！”

住附近的街坊也早熟悉，偶有爱多说几句的，便赞老板这生意得多好，老板便满脸堆笑地说：“别别，我可不是老板。”

这栗子到底有多好？还是要比较一下才具象。

北京随处可见连锁的卖栗子的店铺，不乏一些闻名的老店。某日公司姑娘买了满满一纸袋老牌栗子，待吃了我带去的栗子后，那满满一纸袋老牌便再无人问津，直到在办公室放了几日，最后被扔进垃圾桶。

那几年，我便总是带着栗子出行。去朋友家，去公司，去见熟人，去表妹学校，都背一两包热气腾腾的栗子。每次我跟表妹

说我去学校看她，她都点名要我带栗子过去，而她的学校门口就是一家卖糖炒栗子的大店铺。

再后来，有的朋友出了国。

表妹毕了业，留了学。

我也换了公司，但仍住在原来那个地方，只是，糖炒栗子没了。某一年冬天换了麻辣烫，再一年春天时热热闹闹换了卖烤鸭。每天都有好多人排队，我们也买了一次，但也仅此一次，所以后来我们怀疑那些整天排长队的大爷大妈是不是雇来的托儿。眼下，又换成了卖栗子糕，嗯，一字之差，却再没有那么甜，那么好的栗子。

虽然之后不得不买别家的栗子来吃，但我仍心心念念楼下那家的炒栗子。

才细想起来老板都是戴了数层手套，用手亲自翻炒，几乎没见过他用铲子。

才想起来，他家的栗子本身就该是与别家品种不同，而不仅仅是翻炒过程。

在这座城市里，每个角落，每条街巷，每个社区，几乎都有这样的人。他们都是外乡来的小人物、小角色，他们在一个角落里租了小小档口，甚至只是一辆小推车。他们没有任何特别，甚至你认识他们很多年，打过交道很多年，却从不知他姓名，不知他从何而来，一别之后又去了哪里。

他们是面目模糊的陌生人。

可是，你会记得。因为，你知道，他总归是不同的。

他炒的栗子比别家好吃，他做的灌饼比别家好吃，他压的铁板烧比别家好吃，他炸的油饼比别家好吃……总之，你知道，这样的人你终归是记得的，哪怕记不住面孔，你也记住了他的手艺。

当之后吃过的再不能与之媲美时，你方明白，他们不单单是有手艺，他们还有心思。

那些暖暖的心思，把东西做好吃的心思，让顾客都喜欢的心思，把小生意做红火的心思，赚更多的钱寄回老家给父小的心思。

哪怕是一个小小档口，哪怕是一个小小的糖炒栗子。

后记
Postscript

又一个秋天，楼下的茶社变成了水果铺。天气转凉时，开始卖糖炒栗子，没想到跟之前那家的栗子味道差不多，同是正宗怀柔小油栗，火候也正好。算是这秋天里的一件暖事了。

老板，来碗热汤面

北方天冷，便自觉爱吃碗热乎的。

昨天下班去吃面，牛杂面，味道还不错，但汤不够烫。

在我理解，面和汤要滚到一起，汤里有面的味道，面里有汤的味道。但我们通常吃到的是，面是面的味道，汤是汤的味道，虽然味道也不错，但这是各自的味道，彼此没有入味。

说到煮汤面，煮法倒也不同。有的是汤和面一起煮，有的是清水煮面，然后再浸到汤里。前者入味，且火候不好把握，后者讲究一些，看着也好看。饭馆里煮面，都是后者，所以常觉得汤和面不够融。

我爱喝汤，也爱吃面。

但煮面，每次火候都拿捏不好，有时煮得恰好，也时常煮烂或者还不够熟。而且不同的面，不同吃法，煮的熟烂程度也不同。小时候只管大人做了吃现成的，直到前两年我才知道，原来面条要过了水才不会粘到一起。

说说我吃过的面。

我是东北姑娘，小时候吃过的面老三样：手擀面、挂面、方便面。

前两样不说，单说方便面，倒是神奇。小时候经常感冒，一病倒就茶饭不进，每次都是医生打过吊瓶后，爷爷煮一大碗方便面放两个鸡蛋。于是，我一直认为我的病是因为方便面加两个鸡蛋好的。每次我吃了一大碗面，就知道自己马上就要好了。

后来我跟医生讲，我说我感冒吃碗面就好了啊。医生掐着烟说："我不给你打针，你连吃面的力气都没有！"呃，原来如此！

我想，小孩子的病与食总是联系在一起的。尤其我们这拨八〇后，小时候物质没现在这样丰富，零食也就那几样，有的孩子生病了爱吃西瓜，有的孩子生病了爱吃虾条，有的偏偏爱吃雪糕。我身边有个姐姐，她说从小到大只要一生病就爱吃鸡，自己一个人大半只都能吃掉。朋友打趣她说，怀疑是黄鼠狼投胎的。

二〇〇七年毕业之前，我几乎都在东北转。从小到大读书都是在东北，包括大学，只是偶尔出去旅游也是走马观花。

二〇〇七年的时候，去了广州。

招待我的伯伯怕北方孩子吃不惯广东菜，第一顿饭特意带我去了家东北菜馆，他说："看看他们这里到底地道不地道。"

要的手擀面，嗯，简直硬得咽不下。估计老板就是这么忽悠当地人的，说东北面条就是这么硬，跟人一样彪悍。很多吃食到了外地都改了味道，去贴合当地人的口味，但这家老板的面条实在太生猛。估计南方人好说话，要是在东北，怕是顾客能让老板把这一碗一口气都吃了！

后来，在成都和长沙又待了一段时间。

在成都时，我第一次知道原来担担面是热的！学校门口卖的担担面不都是凉面吗？我当时甚至怀疑服务员上错了！可见瞎打招牌这种事，实在坑人。

我虽能吃辣，但在成都整日吃辣，我是受不了的。感觉不管什么，都厚厚一层辣椒、一层油，又麻，又辣，又腻。这样说来，我们现在吃的川菜，其实也是改良的，四川本地那个放辣子的方法，估计没几个人能受得了！但这也跟当地气候有关，冬日潮湿，几乎整个月不见太阳，没有这些辣灼着，估计人也早虚了。

湖南出名的是粉，但我偏不爱吃粉。我总觉得那些东西口感像塑料，连东北的粉我都不爱吃，总之，从小就很少吃粉。所以在长沙时，人家吃粉，我吃同款的面。长沙的面都做得不错，但与北方的面又不同，是那种细圆偏干偏硬的，很有嚼劲。我很喜欢这种面的口感，但在北方并不多见。

记得当时同事姑娘带我去南门口的一家小饭馆吃面，猪油拌面，好吃得很。可惜，此去经年，后来再没吃到过。

与猪油拌面口感相近的，还有葱油拌面，可惜北方也不多。去年出差一半时间在上海，对此简直大爱。早点铺，一份葱油拌面九块钱，味道地道得很。换到机场，也是吃个饱，味道就无须再提了。

我很爱南方这种又细又韧的面，而且这种面也容易出卖相。北方的面非常容易粘到一起，比较难出层次。

我常说，你要了解一个地方，要到市井街巷去，到当地的早餐铺、菜市场，而不是商场、电影院。至于景点处那些打着特色小吃的名牌，口味比之市井早点有天壤之别。有趣的是，我当年还在城隍庙买了好多蚕豆，结果拿到节目组，当地的上海人说，哎呀，我们这儿压根儿没有这东西！

说到热汤面，自然少不了河南的烩面。北京鼓楼附近有家“烩面王”，面的味道也不错。

河南的烩面我吃过正宗的，胜在汤。

不过河南产面倒是真的，由此搞得南方人误以为北方人都是只吃面食长大的。

我当时在广州时，暂住的那家伯母说，你们北方人都是一直吃面的吧？

那家伯伯说，谁说的？最好的大米就是他们东北的啊！

伯母说，是吗？你们吃水稻吗？我一直以为你们那里只有面条可以吃。

伯伯说，那是你没去过北方，去了你就知道。他们那儿大米好吃，面也好吃，做的口味可比我们这里多，有几十种哦。

是哦，因为你没来过北方。

前两天我家姑娘看到我写的那篇糖炒栗子，又提起茶叶蛋话题，她说，你说台湾人真的认为咱们连茶叶蛋都吃不起吗？

我便跟她讲了这件事。

广东的伯母一辈子没来过北方，不知道最好的水稻是北方产的，以为北方人吃面就那么两三样。

所以，有些误读，并不是有意泼脏水，或诋毁贬低，而是由于不了解，由于双方存在巨大的背景差异。我一直以为人人都会讲普通话，哪怕讲不好，但在广州时才知道，别说讲普通话，很多五十岁以上的人连听普通话都听不明白，因为他们完全没有接触过。

我倒建议，北方人去南方吃吃面，南方人到北方吃吃米。因为南方人确实很会做面，北方人确实很会种米。

煲一方岁月绵长

北京连日重霾，难得周日风来日暖，却要在家等快递。也好，平日匆忙，连休假都匆忙，有个无所事事的一天倒是美事。

九点左右起床，收拾一下，下厨房。

有句俗语叫“馋人爱喝汤，懒人爱哼哼”，我承认，我爱喝汤。归根到底，说来汤应该是南方的饮食文化。我在南方住过两年，回来后别的没学会，倒有了煲汤的习惯。在广州时，日日炎热，也吃不下什么，多以流食为主。即便如此，短短三个月，回家后竟胖了十五斤。我妈说，人家孩子都是出门在外见清瘦，我倒好，一下胖了这么多。便有旁人打哈哈说，这好，说明这孩子心大，走多远都不操心啊！

当时在广州真是没吃什么，因为刚去不大习惯，天气热得受不了，喝得最多的怕就是椰奶和凉茶了。平时也懒得吃饭，就坐在地板上啃鸭脖子喝果粒橙，就这样却长了十五斤。

仔细说来，我在广州时，是没煲过汤，也没下过厨的。最开始是与同事合租，那时候我压根儿不会做饭。再后来自己搬到公寓去，七楼，没有电梯，懒得出门，便一周下去一次大采购。买回来水果零食乱七八糟过一周，榴莲塞得满冰箱都是。现在想来也真是神奇，我竟记不得那时候我整日是吃什么过活，好像真没有正儿八经吃几顿饭。

说到我会做饭，这过程也颇为神奇。

本来，我是不会做饭的。从小到大只做过两次，一次是在爷爷家，老爷子在外屋跟一堆人打麻将，我卖乖卖萌表孝心，想做个饭吧，这样老头儿一玩完，看饭也香喷喷的，多高兴啊。结果呢？结果就是外屋打麻将的众人已经呛得双眼通红，而我呆坐在灶台边毫无反应。我是天生迟钝吧！

我爷爷在外屋嚷，你干吗呢？

我说我没干吗啊，什么都没干。

我爷爷不放心，便来厨房，呛得直咳嗽！我爷爷说，你不呛得慌吗？我摇头说，不啊。

现在想来，我是自小就跟锅有仇，好多锅毁在我手里。搞笑的是，说是大火爆炒也就算了，偏偏每次都是煮东西，偏偏我能把锅烧掉。煮花生、煮毛豆、煮梨水、煮汤，我总是一转身就忙活别的事情，然后就忘了，直到厨房传来煳味儿，我才一下惊醒，想起自己还在锅里煮了东西！

说到这儿，你们肯定觉得我做饭特别惊悚！不过，哪个没烧过锅的厨子会成为好厨子呢？由此可推，我的厨艺还算是不错的，而且是无师自通。

当年到北京时，去个朋友家做客，那时候还会偶尔凑凑热闹

见见其他写手。便有人宴请大家，扬言自己做的口味至少也比得上小饭馆了。

好奇前去，结论是，我跟对方说："你确定这是给人吃的吗？"

朋友不服气，说你一个不会做饭的，还挑三拣四的。

我说，我就算不会，也不会做得比这难吃！

于是挽袖掌勺，竟然出手不凡！众人纷纷喊："你不可能是第一次做饭！"问题是，我真的是第一次，有些人天赋异禀，这也没办法！

眼下，已经是在北京的第五年，平日也无暇做饭开伙，但勤做汤。

因为我喜欢那种感觉：无油、原味，看着锅里腾了水汽，翻了热浪，大火变小火，小火转大火，蓝色火苗噗噗地蹿，食材味道渐次清晰扩散，无论是早上太阳透过窗子照进来，还是下午厨房蒙了一层金色像腾起一道烟，抑或晚上，窗外比楼还高的老槐树已经斑驳不清，从窗缝里进来一撮冷气，锅内仍然翻滚，笼得整个厨房都热气腾腾，有种欲升还沉的暧昧。

是，暧昧。暖暖的暧昧。这是厨房的魅力。

这时候，我总忍不住要点根烟靠在墙壁上，脑子里过几句诗，经典的、原创的，旁人的、自己的。

有几样汤，我是常做的。

最近尤爱的是豆腐鲜虾汤。

水烧热，姜洗净去皮切片，蘑菇切薄，先下。然

后豆腐切块，贝柱、虾放五六只，下进去后一起翻滚。滚的当口儿可以点一支烟，或站窗口看看云看看树看看月亮。刚好这周末在家看的书是黄磊的《我的肩膀，她们的翅膀》，里面也大篇幅写吃食，写下厨，写下厨的男人性感，写厨房满满都是爱。

上周见个女作家，还提到黄磊，说他是最好的文青代表，年轻时真文青，成熟之后，把这种文艺化到日常，诗与酒，茶与花，红烧白灼游山涉水。妻美女娇，他年旧友，简直美成诗画。好像当年那个意气风发长发飘飘挣扎叛逆的是陌生少年，日子落到眼下，好像我们生来就这样安然。

当然不，那个长发飘飘的也是我们。

那个挣扎叛逆的也是我们。

那个摔琴砸酒瓶的也是我们。

那个骑在单车上对过往女孩儿吹口哨的也是我们。

那个雨夜痛哭的也是我们。

惶惶不知去处的也是我们。包括眼下。眼下也惶惶。

人心的惶惶从来没变过，只是，昨天多一点，今天少一点。

昨天借一箱子酒，今天借一小勺盐。

嗯，厨房也是避风港，是可安身的地方。

那些风驰电掣的少年，追追追，追到厨房里，停在案板边、灶台边，嗒嗒塔、噗噗噗，然后，慢下来，静下来，抿了一口酒，抽了一支烟。

我记得那个黄磊，那个演徐志摩的。

为了《逝水年华》我还追到乌镇去，闻听黄磊的酒吧就在对岸，其中的某一家。但我没有刻意去。黄磊不在那儿，徐志摩也不在那儿，文也不在那儿，耀辉也不在那儿，江滨柳也不在那儿……在那儿的，是所有少年，一个未完未醒的梦。

不会完，不会醒，也不会忘。

而现实里，我们在平行向前，长成另一辈少年的长者，长成厨房里的男人或女人，开始研究新姜老姜的区别，开始区分米醋陈醋的用法。

锅里的香气已漫得整个房间都是。食材味道尽出，独立的，混合的。

虾的鲜，豆腐的滑嫩，蘑菇的入味。

盐少许、味精少许、香油两三滴，其他作料均免。

虾有虾的香气，豆腐有豆腐的香气，蘑菇有蘑菇的香气，贝柱有贝柱的香气，汤有汤的香气。

活脱儿食材里都站着一个灵，它们骄傲地站出来，说，你闻，你看。

再无须多，无须用什么作料、用什么汤底、用什么香料了。

我想，我们便是那个最初的生冷的我们，无忌的，无味的，不屑于点染烟火，不屑于暖，不屑于混杂。

直到某一天，我们长成，开始安于烟火，安于暖，安于这混杂人世。但在这安然里，更清楚几分，清楚自己是谁，清楚生活是什么。

那个生冷的我们，和暖熟的我们，同为一人。

在这绵长柔软的岁月煲煮之后，终于结合，终于出了味道。

花吃了那女孩儿

我想再这么下去，就会养成在任何不规律的时间里放肆写吃的习惯。早上五点钟起来上了个卫生间，折身转至客厅，吃了颗玫瑰糖，瞬间清醒度恢复到百分之七十，于是，打开电脑开始写吃，花吃，吃花。

王自健在电视节目《今晚 80 后脱口秀》里说，全世界的女人都爱花。这个确实，除了自身原因特殊的，正常来说绝大多数女性都爱花，甚至包括花粉过敏的，比如我，所以这个绝大多数可约等于百分之百。我相信，爱花的女生肯定要比爱钱的女生多得多得多得多。

但说到吃花，我不知道有多少女生吃过。

我小时候是吃过的，吃过最多的是一种民间叫“一串红”的花，我猜可能很多人小时候都吃过，在我看来，这花的食用价值远远大于观赏价值。小时候，爷爷家院子里沿路沿墙根种了太多一串红。我始终觉得这花不算美，甚至一点都不美，但还是很喜欢，因为可以吃。直接摘下来，嘬一口，里面有很甜的水。这个很多人都嘬过，至少我小时候身边朋友都嘬过。

另一种常吃的是刺玫，大姑姑家院子里的，当时已经长成好大一棵树。我每次去，都会拽几片花瓣下来吃。当然，是偷偷吃，大人是不知道的，如果大人知道肯定要说吃坏了吃中毒什么的，何况我还有些花粉过敏。那时候不仅自己吃，还怂恿身边的小伙伴吃，也不知道怎么想的，按我当时的理论，吃花吃花说不定哪天就变成花仙子了。

说到吃花，可能北方人较陌生一些。说来也是，北方有花的季节并不长，正所谓靠山吃山靠水吃水，像云南这种四季有花的地方，当然是靠花吃花，家家种，家家吃。

但说到花茶，大家都太熟悉。最常见的菊花、玫瑰、茉莉、薰衣草等，花茶一般比较受女生喜欢，干瘪的花瓣投到水里，恢复弹性，重新绽放，得到了二次生命，浮在水里甚是美好。可见古人心思细腻，偏偏把落花和流水写在一起，在我看来，水也是花的最好去处，无论是顺水而下，还是转身成茶，花的美丽都会得到延续，且因为水的关系，会更通透灵动。想想要是雨打风吹去落在泥里，实在不大好。

说说最常见的几种花的食用方法，当然，首推玫瑰。玫瑰真是神奇的东西，纵然像我这种最爱的花并不是玫瑰的人，玫瑰的香气对我来说仍有致命吸引力。玫瑰可人的地方，当然是色泽和香气，至于那些有事儿没事儿歌颂玫瑰刺的，就好比说一个姑娘长得美，那脾气大也自然啊。拜托，我是冲你长得美来的，又不是冲你脾气大来的。我可以因为贪图你的美忍受你脾气大，但总

不能要我去夸赞歌颂你脾气大吧，所以那些歌颂玫瑰刺的，纯属是找心理平衡，就像现在很多人歌颂苦难，歌颂考验，歌颂逆袭，好像不书写生之不易就辜负在世为人。话说要是人人都可以跟王思聪似的撒娇炫富，谁要歌颂苦难史啊？

总之，玫瑰是比较傲娇的一种花，我知道我长得美，我就带刺，怎样？

但再带刺，也免不了被人们折下洗净碾成泥。说来我甚至猜想，人们这么爱吃玫瑰，除了它太香太美，是不是还因为它带太多刺，你有刺，我偏吃你，这也是人类的奇葩心理有趣之处。

将玫瑰花瓣洗净、风干，然后放到玻璃器皿中，加蜂蜜、食盐、梅卤搅拌均匀。那么问题来了，梅卤是什么东西？就是腌制梅子的卤汁，跟醋有异曲同工之妙，可以保鲜保色。顾仲《养小录》里写："腌青梅卤汁至妙，凡糖制各果，入汁少许，则果不坏，而色鲜不退。代醋拌蔬，更佳。"细心写吃的男人真可爱呀！

其实所有腌制的工序都差不多，无非是净料密封，然后等着时间发酵。但玫瑰糖（酱）的腌制程序里，密封之后要开启几次，先是放花瓣、蜂蜜、食盐、梅卤，搅拌均匀后密封，密封三小时左右，再加白砂糖，搅拌均匀，再密封。第二天再打开，继续搅拌，为了加速发酵，之后再密封。如此，反复开启三天左右，然后密封放置半个月。半个月后，一瓶又香又艳的玫瑰糖（酱）就成了。跟所有腌制的食品一样，风干是非常重要的过程，水分控不净的话，一是影响口感纯度，二是食物容易腐坏。再有就是一定要选用可食用的花瓣，免得您美美吃了一嘴，吃完却中毒了！

至于腌好的玫瑰糖怎么吃，那就随您个人爱好了，冷食还是热食，空嘴儿吃也可以。热食就是做成馅，玫瑰花饼不仅是云南特产，北京也有，但做法不一。加上现在擅于烘焙的人那么多，做出来的成品虽都叫玫瑰花饼，其实大有区别，有的是传统做法，有的是新鲜做法。

之前南锣鼓巷里面有条小巷子，一家不足一米宽的门面，专营玫瑰花饼。我非常喜欢，几乎每次去都买，但要趁热吃，一是口感好，二是趁着热劲儿，玫瑰的香气散到极致，也经常买给朋友。但很可惜，后来开着开着就不开了，也不知道搬到哪里去了。再后来就是跑到小彻店里去吃，冷的，但味道也不错。

玫瑰除了腌制成酱，提炼，然后入茶或奶茶，也有直接拿了玫瑰花瓣做成糕点最上面薄薄一层的透明凝胶（专业叫什么我不知道)，此处用途则贵在观赏。同理，也可以用其他的花，薰衣草、合欢放上去都很美，前提是要确认可食用。

玫瑰较之其他的花，贵在回香，其他的花入口也香，但回香远远不及玫瑰。我爱吃的花，除了玫瑰就是桂花。桂花味道也好，可做桂花糖、桂花糕。茉莉入茶，炒蛋。

说到吃花，北方人实在外行，要去云南当地才行，随便择一枝，便可入味。

不管在哪儿，爱花恐怕是全世界女人的天性，老少皆宜。这是女人的美好可爱之处。

与其如励志文兜售昔年蹲在路边就着西风啃面包的奋斗史，我更情愿劳心劳力来写一口玫瑰糖的回香。生而为人，如此多艰，不如只记得那些美好生香的事，也算是愚人自娱。

我们约在咖啡馆

每次出差去一座新的城市，我对她最初的印象都是来自三个地方——酒店、咖啡馆、餐馆儿。酒店大多是随工作安排，所以也没什么可选空间，遇到舒适一点儿的，温馨、宽敞、服务周到，遇到一般一点儿的，至少也还做得到干净便捷，所以，也没什么称得上特别喜欢和特别不喜欢的。只有两次有点意思，其实是同一家酒店，一次去赶上圣诞节，晚上回到房间发现赠送的果盘里还送了圣诞饼干，以及一只小熊。还有一次就是入住期间刚好赶上我身份证上日期的生日，晚上回到房间发现竟送了整只蛋糕，写了名字，还有一支精油蜡烛。公出在外，还是感到欣喜且温暖，大半夜去敲同事的门，一起分食。回来洗漱完，点上蜡烛美美睡了一觉。

也正是这次送的生日蛋糕，让我留意到酒店里的甜品店。买来苹果派一尝，味道竟出奇得好，而且价格也便宜，之后便每次出差回京时都带两三只给朋友。但我很少泡在酒店里的咖啡厅，总感觉太过商务，且放眼一片没有遮挡，总是觉得不够私密，所以工作闲暇时，便逛到街上去找各式咖啡馆。

一杯咖啡可以喝二十分钟，
也可以喝一个下午。
一个人喜不喜欢你，
看他愿意花多少时间，
什么正事也不做，
单单陪你耗在咖啡馆里。

我喜欢咖啡馆，因为在我的界定里，它等同于一座城市的客厅。在一座陌生城市，是没有关系足够亲近的人邀请你去登门拜客的，而我们又不能总是在街上游荡或者总在酒店房间里，总是需要一个地方，可以正正当当又客客气气地接纳你，这个地方不是餐馆，而是咖啡馆。

正因如此，我最初对所有连锁经营的咖啡馆都没什么好印象，因为总觉得不够亲近，好似进去坐个二十分钟，一杯咖啡下肚就要起身出来。她没有摆出“欢迎来坐坐”的姿态，反倒是那些私人开的小咖啡馆更深得我心，或清新素雅或书卷正浓或异域风尚或天真萌趣……总之，让你感觉到了她的温度和志趣，心理上的距离便一下拉近了。

且私人的咖啡馆里，会有一些店主自创的东西，不管是咖啡还是甜点，都会有一两样独有的口味，有时去得晚，便经常卖光了。经常有这种口径，说每个文艺青年的计划里，都开了一家自己的咖啡馆。咖啡馆我倒没想过，但旅馆我很想开，开在云南古老的四合院里。院子里有一树一树的花，有阳光侧影里的天井。天气好的夜晚在院子里放露天电影，赶上落雨，那就拐去隔壁家的咖啡馆来一杯咖啡吧。

我会跟隔壁家老板提议，多做一些甜点，除了咖啡之外，也多一些自创饮品。也许你看出来了，其实我并没有那么喜欢咖啡。的确，我日常口味要偏甜一些，即便是喝咖啡，也一般都是拿铁、摩卡这种混合型低因的。最近大半年可能是由于年纪渐长，身体的新陈代谢慢了下来，不得不每天早上来一杯黑咖啡，不是为了提神，而是为了助消化。说来也神奇，身边很多朋友吃酵素喝乌龙茶来帮助消化，而这些对我竟通通不管用，唯一能发挥作用的就是黑咖啡。

一来二去，也慢慢对咖啡这类东西产生了好感。表妹为了方便我冲泡，送了我挂耳式滤挂咖啡，四袋水陆续都渗下去，量刚刚好。把滤包提起来继续滴水，看着水珠落到杯子里依然是圆的，然后再破开，瞬间扩到杯壁，速度太快，甚至难以用扩字来形容过程，几乎是分辨不出这个过程的。反倒是在这么快的瞬间，我无聊地要求自己专注，专注地看到刚落水时水珠完整的存在和扩裂的过程，有一种很奇妙的感觉，好似自己在练什么绝世神功，倘若练成，便可将身边事物都静止暂停，停下来，旁若无人，好好地伸个懒腰喘口气。

我想大家热衷旅行这件事，其实是同一个意思，在日常轨道上按下暂停键，暂时抽离，去一个新鲜地方好好伸个懒腰喘口气，这便是旅行让人着迷的地方。所谓看山看海看世界，见人见佛见自己，实在扯得有点儿太远。我辈凡俗，不过就是想偶尔让自己舒服一下伸个懒腰而已。

我便隔三岔五躲出去伸懒腰，赶上年终或者换工作空当有时间，便走远一些去伸这个懒腰，实在没办法，找个舒服一点的咖啡馆眯一下午也可以。

久而久之，发现咖啡馆竟还有一个好处——一种可以完全自我把控的距离感，这个太妙了，对于我这种人来说，太过需要。咖啡馆像自家客厅，但又实则不是。倘若有人去你家登门做客，你是不好意思拉下脸让人半小时内离开的。但约在咖啡馆则不同，

她介于公私两者之间，于公，可以谈半个小时，到时间看表，寒暄一下就走；于私，你可以随意消磨，通常周末约朋友见面，几乎是从午饭开始约，约完午饭去咖啡馆，磨蹭到晚饭，晚饭后再换家咖啡馆继续泡，直至夜深。兴致再好一点，恐怕还要来个夜宵。

所以，一个人喜不喜欢你，看他愿意花多少时间，什么正事也不做，单单陪你耗在咖啡馆里。

近十多年，咖啡文化在大陆早已蔚然盛行起来，这跟咖啡文化在几百年前于欧洲起步盛行时有异曲同工之妙。当时整日聚集在欧洲咖啡馆的正是那些思维活跃意识超前野心勃勃的年轻人，所以他们不安分地策划革命，等大革命风潮过去，又开始探索精神文明发展文艺。晓松老师曾讲到一个观点，他说人类总是在追赶自己，先是追赶工业，追赶科技，等到这些达到一个饱和状态，人们低头发现自己的精神世界落后了，便又开始追赶精神文明创造文艺。如此反复。

而今天坐在周遭咖啡馆里的，既不是革命家，也不是艺术家，绝大多数是文化商人。他们或是文化人出身，此刻坐下来，要谈一些商业盈利的模式，他们或是商人出身，此刻坐下来，要拿一些文化主题来包装营销品牌。

总之，不管对方是谁吧，好在咖啡馆是个可攻可守、可进可退的地方，遇到倾心的人和事就多聊一些，反之，则半个小时内告退。少了酒桌上的推杯换盏相互寒暄，直奔主题，各取所需地坦荡相向，或完全无所事事地我只愿坐在这里陪着你。

生悦者厮磨，生厌者体面。由此说来，怎么看，咖啡馆都是个好地方。

每座城市都有美妙的咖啡馆，

比如这家开在有一百一十年历史老房子里的清唱咖啡馆（武汉市江岸区泰兴里六号）。

在某个阳光慵懒的下午，

说不定赶上女作家们的轰趴（家庭派对）。

冬至之后，百味煮

这便是食物之间，
相生相杀的江湖。

前两日冬至，微信朋友圈又被刷屏。

南方吃汤圆，北方吃饺子。午饭时，有同事姑娘叫一起去吃饺子，实在没兴致。不是不想吃，而是没有想吃的饺子。

作为地地道道的东北姑娘，且家中有厨艺卓绝的人士在，对饺子口味要求不可能不高，所以，在外面，我是很少去吃饺子的。

至于自己动手做，那就更不用提了。我只会把馅包在皮子里，关于怎么和面、擀皮、拌馅，我是都不会的。有人出主意说，你去买了皮，再买馅回家自己包啊。

我有病吗？我又不是劳模！

古人一直有“冬至大如年”的说法，与其说“如年”，不如说根本就是年。据说，早在周、秦时期，那时的人以十一月为正月，以冬至为新年岁首。至于为什么，我猜还是有关古代帝王的统治愿景。古代帝王自比天子，也向来以“天意”来引申己意。冬至日为全年里白昼最短的一天，冬至之后日照增长，白昼也越来越长。对于帝王来讲，这是触底回升、节节高攀的大吉之日，也象

征着王权统治蒸蒸日上，而非江河日下。

在古时的这一天，跟如今春节一样，全民放假，大有普天同庆的意思。给全球华侨、海外侨胞、海外同胞，给全国人民拜年。只是那时，要先拜天，后拜祖，其实现在也依然如此，各家如有

供奉神佛的，肯定是要先敬神佛，再敬祖先。

简单点说，周、秦时代的年其实是在“冬至”也就是冬节。到了汉朝时才把年改至春节，冬节依然保留，大抵跟春节同样热闹。时至今日，冬至已算不得什么节日，只是有些民间习俗零星还在。

不要说关于冬至到底应该吃什么，南北方在展开饺子、汤圆大战，仔细查一下，恐怕是要比这热闹得多。潮汕吃汤圆，江西食麻糍，苏州下酒酿，台湾裹擂圆和糯糕，江南驱疫鬼煮赤豆糯米饭，滕州为感尊荣喝羊肉汤，北方则为了纪念医圣张仲景，好多地方吃饺子。

不管吃什么吧，最后都是取个驱寒养生、和气团圆之意。

我自然也跑去稻香村买汤圆，可惜，白布之下空空如也。

只好买冬瓜、虾、排骨、马蹄果、莲藕、冬笋、香菇、鸡腿菇、豆干、葱、姜回家煲汤。

说来惭愧，写吃食将近一年，但没有一个完整段落是关于出菜谱的。不是不愿写，而是本人下厨实在不靠谱，想起来什么用什么，一无章法，二无程序。

北方人煮汤放的料少，一般就两三样东西煮，酸菜炖排骨，萝卜丝煮牛肉，萝卜丝煮虾，小白菜氽丸子，冬瓜排骨，冬瓜虾仁……如此，一目了然，所有菜光在名目上就能看出究竟。我是土生土长的北方人，煮汤却偏南方做法。没办法，我实在好奇心

我喜欢冬日厨房里，
那种暖暖的、
暧昧的、
欲升还沉的气息，
人间烟火的气息，
琐碎的宁静和满足感。

太强，什么都要放一放、试一试。好在直觉尚好，几乎不曾失手过。

所谓“百味煮”，自然是很多样的意思，但我更愿意理解为可百搭。

惯常使用的百搭有几样：虾、蟹、菌菇类、豆制品类。

这几样都极易出味，而且不管是吸入还是被吸出味道，都可以百搭成不同口味的新鲜东西，但又不失其原味。这个原味说重，鲜腥如虾蟹；说淡，寡如豆腐。不管是豆腐还是蟹，不管与什么东西煮，都不会失了自己原有的味道。寡白豆腐腹黑如吸星大法，而蟹者，不管遇见谁，都如此横行瞬间盖过对方势头。但百味相生相克，如此横行的蟹味，偏偏遇到豆腐时，就柔顺起来，藏了腥腻，只把温和的鲜拱手相让出去。这便是食物之间，相生相杀的江湖。

再说菌菇类，不管煲汤，还是烹炒，几乎都是我最爱之味。只是北方气候干燥，不适宜多种菌菇生长，有倒是有，只是品种少，且长在山上，不像南方品类多且随处可见。十一放假回去，刚好别人送姑姑一大袋子晒好的白蘑菇。我对这家伙太过喜爱，无论口感还是味道，都觉较之其他菌菇更胜一筹，尤其晒干之后，香味浓聚，经久不散。正是这个浓，可调其他味道，尤其是调鸡肉味道，解鸡肉荤腻蒙钝，入山野清香之味，调皮者，可再入几片茶。

我煮汤时，至少要放四样，如蟹、虾、平菇、豆腐。多则鸡、虾、贝、鸡腿菇、香菇、干菇、冬笋、冬瓜都要放一些，再如排骨、莲藕、萝卜、冬笋、海带、花生、平菇、薏米、腊肉、玉米、马蹄也要一起，有时甚至放果干、中药、茶叶、切梨片、柠檬片……如此折腾，煮得一手好汤。至今仍然抱憾的，是我始终不会煮腌笃鲜，

这是我非常爱的一道汤。这个没办法，难在咸肉上。虽然超市也卖各种咸肉，但总归不是一个味道，远不如去苏杭江浙本地吃。

二〇一五年冬，关于北京这座寒冬城市的电影《老炮儿》还在热映期，口碑叫好叫座，微博微信每天刷屏的主题便都有关“江湖”，更有不少人就此华山论剑各显身手。只是，江湖已远，吾辈只能在厨房里安身立命水煮三秋。刚在网页推荐上，偶然看到一位经年故友参加某选秀比赛的信息，点进去，是比赛视频。

谦和恭敬。媒体撰文说也许是其为父为夫的缘故，但我固执地相信，那个不是他。我认识的那个歌手，是在寒冬夜里醉酒与人在三环路上比俯卧撑的男人，他撑在地上喊：丫头，你来数，这帮人我不信！那帮人是与他整日厮混的哥们儿，却也不大应该相信。他以为分给他的每场演出费用是主办方支付款项的十分之一，其实，是百分之一，因为，我正是主办方经手做合同的人。

他依然笑，嘴里混着酒气，他说这行谁都不容易。那时我还年少，咬着牙替他难过。我说你可以去参赛啊，他说丢不起那个人，然后咒骂时至今日仍然当红的一位歌手，他说他在我们圈子就是个傻瓜！

过了几年，我日渐成熟，跟他们这群人早断了联系。当初画画的姐姐结婚离了又结了，而这位兄台，终于还是去参加选秀节目了。我还记得当初我写了几句词："我是你衣柜里的一束光，总是被不经意掩藏。或者，你从不曾知道我的存在。所有人都误以为，以为这樟木的门里，是黑漆漆的模样。只有我端坐在这儿，数着你每一件旧衣裳。"我那时跟他说，你帮我写成歌好不好？他说好啊。

那是二〇一〇年，或者，是二〇〇九年吧。

小陆姑娘的圣诞点心

圣诞节，收到小陆姑娘快递来的自制点心，多少还是有些意外。八枚点心，做成圣诞树的形状，对于不太熟悉的人的热情和好意，我总是不知如何回应，只好在微信里连连感谢。小陆姑娘很热情，她说味道好不好？我说我还没吃呢。

小陆姑娘说，你吃啊！我特意装了四块你爱吃的南瓜味的！

你怎么知道？

当初你来我店里点东西，几乎都是点南瓜味的啊！我原本打算给你做八块南瓜味的，但最后还是放了四块南瓜味的，两块冬瓜口味、两块柠檬蜂蜜口味。你看看你喜不喜欢！

这姑娘竟然记得我喜欢南瓜口味的东西，如果她不提，其实连我自己都要忘了。现在还能看出我喜欢南瓜口味的细枝末节，恐怕就剩烤肉店里免费送的南瓜粥了，身边朋友知道我喜欢喝，大家几乎把自己的都让给我。

我不知道小陆姑娘结婚生子了。

也不知道小陆姑娘到了西安。

事实上，这么多年，我对小陆姑娘都没有太深的印象。有人

说这世上只分两种人，一种，是你喜欢的；还有一种，是你不喜欢的。对于我来说，还存在第三种人，就是无所谓的。小陆姑娘，便列属这个范畴。所以，隔了多年以后，这个于我来说并不熟悉的姑娘大老远寄了一盒点心给我，而且还记得我当年的口味，多少是让我感到意外的，或者说，有一点温暖。

说实话，我对小陆姑娘当时男友的印象，要比小陆姑娘深得多，至少比较一下是这样。

那时候我一个人在南方，异地恋，给杂志写稿过活也不用去上班，便整日闲得很，经常在城市里四处游荡。小陆姑娘的甜品店离我住的地方很近，走过去大概就十分钟的样子。确切点说，应该是小陆姑娘男朋友的店。师傅和老板都是小陆男友，小陆姑娘兼职服务员和收银。店面不大，大概七八桌的样子，所以两人也忙得过来。因为附近有两所学校，所以学生休息时店里会热闹起来，等到学生都散去，店里通常是没什么人的。

我便每天赶在那段时间去，店里除了我就是这对小情侣。男友隔着帘子在操作间忙，小陆在前面叽叽喳喳没完没了。她是嘴巴停不下来的人，未开口先闻笑声，性格很好，可是，这类活泼热情的性格，偏偏不是我喜欢的。也许是我太矫情，或者自我防护意识太强，我那时始终认为不知就里的热情是对他人的一种冒犯。

很显然，小陆姑娘不懂这些，或者，她完全无意识。

她问我叫什么名字，哪儿的人，做什么工作，怎么这么闲，不用去上班吗？如此种种。每次她问我，性格内向的男友都会打断她，显然，是没什么用的。

最开始她站在透明的橱柜里面，后来，干脆坐到我对面，再后来，我再去，她倒大方，招呼我吃什么自己直接去橱柜里拿吧。我站在一旁不动，男友便让她拿给我。

得知我是写手后，小陆姑娘激动得不行，她说你写的什么什么杂志我以前一直买的呀，她说你给我签名吧，签哪儿呢，对，就签这桌子上。她拿手对着桌子敲了敲，起身要去找笔，被男友叫住了。

有段时间，为了避开这姑娘的热情，我都是到店里打包带走。这姑娘仍不肯放弃，关心我说你最近这么忙吗？记得有空了来找我们玩啊。小陆男友的手艺确实还不错，印象中附近一圈儿的甜品店，该是他们家最好吃了。偶尔我也会跟他们闲聊几句，我说你们没有想过把店开大一点吗？小陆在一旁敲鼓说就是就是，我早跟他这么说过，你看，现在作家都这么说了！小陆说，要不，你给我们取个店名吧？以后我们换大店，就叫这个！

小陆姑娘的大店，当然没换成。甚至，连小店也开不下去了。

男友走了。两人分手了。店铺是两人当初一人出一半钱租下来的，男友说不着急用钱，什么时候小陆把钱退出来，什么时候再分给他就可以。

我去的时候，已经挂了歇业的招牌。我以为他们真的要搬走

开大一点的店了，结果进去时只剩小陆姑娘一人了，橱柜里也空空如也。

小陆姑娘坐在我对面，难得话少，却哭个不停。最后干脆趴在桌面上号啕起来，边哭边问怎么办。我知道，她是在问自己。但为了安慰她，我还是答了。我说，你可以自己把店铺继续开下去吗？小陆红着眼睛看着我说，这怎么行？我什么也不会啊！说完又哇哇哇。

好像是那段时间，我跟小陆姑娘走得近了一些。依照合同，房主不肯退租金，除非小陆能找好下一个承租者，小陆便在门上贴了告示。偶尔有人进来问，但也都不了了之。那段时间，小陆姑娘好像一下子安静了许多，我至今记得那个场景，她跟在后面把看店的人送出去，转过来时有些愣神恍惚。也许，她不知道要干吗吧，毕竟，之前她在这店里总是叽叽喳喳有事做的。

再后来，小陆姑娘的店终于转手出去了。小陆姑娘也要走了，临走之前，问了我的QQ和电话号码。其实，我们并未怎么联系过，甚至再后来，我的QQ号和手机号也都换了几轮了。

时间过去很久了，久到如果没人提起，我可能不会再记起小陆姑娘和她的男友，甚至不再记得我当初那么喜欢南瓜口味的东西。毕竟，这些都不是举足轻重的事情，它们都是再自然不过地发生过，然后路过。

后来，有了微博，小陆姑娘找到我，便加了我的微博。

再后来，有了微信，小陆姑娘又加了我的微信。

只是，我们很少说话，多半情况，是我发了什么小陆姑娘在下面点赞。对于她，我只知道这姑娘好像自己开了一家甜品店。

吃人家嘴短，我不得不找话题，看到小陆姑娘微信名叫陆无双，忽然想起问她真名叫什么。她答我，陆无双啊！是杨过身边那个倔强又死心塌地的陆无双吗?

临了，小陆姑娘打了个夸张的笑脸，她说我先不跟你说了，我得去看孩子了。我稍稍松了一口气。

大概过了两分钟，她又发了一句“有当年的好吃吗？”我愣了一下，才明白她的意思。是了，她还是那个心里藏不住事的小陆姑娘，还是那个有少女心事的陆无双。

只是，关于当年的那个味道，说实话，我实在记不得了。

冬天，你要来一杯热巧克力

失恋的人不要吃巧克力。

为什么?

因为狗吃巧克力会死。

所以人最好不要在冬天失恋，因为冬天失恋的人一定需要一杯热巧克力。可是，不幸你刚好在冬天失恋，那也没办法，那就只能去喝一杯热巧克力了。

说不定，还要跑到很远的地方去。

跑到飘雪的海边去，海边没有人，街上人也少。你在陌生城市的海边，陌生又安全。去逛逛书店，逛逛公园，搭搭公车，甚至重新剪个头发。向当地人问问路，跟旅馆的前台姑娘聊聊天。

天黑得早，天黑之后去吃饭。然后找一家酒吧。

但酒吧里没什么人，或许是因为你来得太早。开口点东西的时候，发现咖啡师是个韩国人，他讲中文蹩脚，但总好过除了“欧巴”就什么都不会讲的你讲韩文。他问你要不要酒，你摇头，问你要不要咖啡，你摇头，然后不知道点什么好。他点了点，指给你来一杯热巧克力。

你找了一张光线好的桌子，坐下来发现桌面上还有一本书，是韩文版的《小王子》。你猜是咖啡师的。

整个店里，除了你，再没有其他客人。所以咖啡师亲自把热巧克力给你端过来，你问书是不是他的，他说是。然后，他问你可以坐下吗？你说可以。

你们聊《小王子》，聊玫瑰和狐狸。

那时候的你，觉得自己像那只等爱的狐狸。恋爱在无尽等待中，对方手里好像拿了一个铃铛，他一摇，你就立马殷勤地跑过去。起初你兴致勃勃的，后来就觉得难以忍受了。于是，你提了分手，没等对方答话，一个人从那座城市跑出来了。

这是你的故事，在你的故事里，你是那只狐狸，一心被驯服，然后发现被驯服了也没有多么幸福，或者，你根本没有被驯服。

而咖啡师的故事里，他的女友是玫瑰。两个人原本说好这个冬天一起来中国，结果女友临时起意跟着一帮朋友去爱尔兰。两个人不欢而散，分开旅行，一个来了中国，一个去了爱尔兰。

巧克力很好喝。特别特别浓，甚至有未完全融化的巧克力块。这是你记忆里喝过的最浓、味道最好的巧克力了。以至之后的每个冬天，你都会想到它。但再没遇到那么好喝、合你口味的巧克力了。

所有善后的过程都特别琐屑，琐屑到你已经不愿意再去细想了。

你只愿记得那个晚上，在陌生城市的那个夜晚，你很感谢遇到一个异国的年轻人，你们谈论一本书，谈论自己国家的传统节日，谈论你们各自年轻的爱情。

你很感激在那样一个特殊时刻，遇到一个可以说话的人，陪你打发时间。否则，你极有可能回到旅馆房间扑到床上痛哭，或者打电话过去说“我想你”。的确，这才是你真正出走的原因，你怕自己忍不住跟对方说和好，怕自己终究舍不得。

在那个寒冷的冬夜里，你喝了两杯热巧克力，说了很多话，然后心满意足地回到自己房间。可能是太累了，可能是精力有限，你没有力气哭，也没有力气纠结太多，很快就睡了。

从那以后，你确信每个失恋的夜晚，你都可以挨过去，并没有那么难，也没什么大不了的。

更久以后，你开始明白，无论玫瑰、狐狸还是小王子，他们各自都有自己的遗憾和不圆满。一个人在爱情里不管是骄傲还是谦卑，终究都会有不圆满，因为分手是两个人的事，不会只有一个人难过而已。至于去计较谁难过得多一点儿，谁难过得少一点儿，当我们懂事之后，发现这个计较好像完全没必要。

一个人的青春里，有无数次成长，就是瞬间恍然大悟。

这一次，你始终记得。因为，从那之后，无论热恋还是失恋，再没有一件事可以让你彻夜不眠。只是之后的每年冬天，无论有没有恋人，你都会想起那杯热巧克力和那个陪你聊天的咖啡师，顺道想起了当年交往的人。

热巧克力让你想念。

咖啡师让你觉得温暖。

旧日恋情成了呵呵呵。

寒冷的冬天里，一定要去喝一杯又一杯热巧克力。

无论你是热恋还是单身，这都不是重点。

重点是，你要幸运地找到最合自己口味的那一杯。

腊八蒜的传说

像菜园里的韭菜，
不要割，
让它绿绿地长着。
像谷地的泉水，
不要断，
让它淡淡地流着。
像枝头的青果，
不要摘，
让它静静地挂着。

也许，人总有那么一点，
忘又不能忘，
说又不能说。
像怯光的蝙蝠，
扇翅于黄昏的角落。[1]

[1] 此处所引为诗人白渔之诗《人，总有那么一点》。

这是我少年时代非常喜欢的一首诗，直至今日。记得当时在回爷爷家的长途客车上，母亲带着我和妹妹，我看书，妹妹在一旁吵，她说谁也不陪她玩儿。我随手翻开日记本，指了指这首诗，我说你读我听听。那时妹妹还年幼，好多字不认识，看了老半天皱着眉头问我：“姐，你是不是写错字了？”我说哪个字错了？她说：“非菜的非字下面没有这一横啊！”我跟母亲大笑。我说：“你从小吃非菜长大的？那是韭菜！”

妹妹嘟囔了半天，吭哧吭哧往下读，“怯”字不认识，“蝙蝠”也不认识。，我说你猜呀，妹妹说：“是蝈蝈吧？”我跟母亲又大笑，我说再猜，妹妹说：“那就是蛐蛐儿！”

这段子流传到现在，偶尔提及，妹妹一边窘一边说：“我那时候不是小嘛！”

是啊，正是因为小才无知无畏，这也正是稚嫩孩童所谓“童言无忌”的可爱生动之处。慢慢长大后，我们开始思考、怀疑、举证，然后去否定。

比如，否定一颗腊八蒜。

在我自己亲手腌制一玻璃罐子腊八蒜之前，我还是相信姑姑们说的只有腊八当天腌下的蒜最后才会变绿。这说法，多年以来我都深信不疑，并啧啧称奇。

所谓腊八蒜，就是在腊八这天动手腌制的蒜。简单得不能再简单，买紫皮蒜头，一颗颗剥好后放在干净的玻璃罐子中，满满排一罐子然后倒米醋，无须再加其他任何调味，密封。许是很久

以前没有冰箱，所以这腊八蒜只能在腊月里做，刚好选了腊八这一天，而从另外一个时间点来推的话确实也是腊八这一天合适。传统意义上腊八蒜是为了在除夕夜开封，就除夕夜的饺子吃，香辛解腻，酸脆可口。而无论是古人在腊八当天开始腌制，还是现代人随时可以动手腌制之后放冰箱储藏，腊八蒜最是色、味俱佳的开封期确实是在二十天左右，也就是从古人备食的除夕夜回推的话，腊八刚刚好。腌制周期不足口感会偏辛辣，蒜原本的辣气会汹涌上头，而且也伤胃。周期恰当的话，则酸脆宜口，形同碧翠，单是这一抹翠色就让人看得满心欢喜。

我曾无数次问姑姑，是不是只有腊八腌的蒜才能变绿？

姑姑说，是。

我问为什么？

姑姑说不知道。

我便赞叹说，哇，那好神奇！

可是，直到有一天，我一时起念去超市买了紫皮蒜，洗干净了器皿，将它们玉子一般剥干净一颗颗放进去，再倒醋密封，放到冰箱里。那一天当然不是腊八。当时我就像个跟自己打赌的人，我暗暗期待这一罐腊八蒜泡不出碧绿的颜色，这样的话，便足可证万物有灵，很多事是超出人力范围的，却又同时希望它能泡成，这样我就可以有理有据地打破姑姑们关于腊八蒜的“传说”。

结果是——它泡成了。

不在腊八这天腌制的腊八蒜泡成了。

我很高兴，因为它们颗粒可爱，如玉如翠，味道也好得很。

可是，我又很失落，因为关于腊八蒜的“传说”打破了。不是每年只有腊八当天泡的蒜才会变绿，人们因为有了冰箱，几乎家家随时都可以泡腊八蒜。

我学会了泡腊八蒜，却再也不会为腊八蒜啧啧称奇了。

我想，这些方式、方法、途径，是我们成长的过程中积累学习的越来越多的技能。

这些技能让我们更理智、更多疑，同样，也更傲慢、更古板。

想泡一罐腊八蒜，
等放假时带回家去，
就除夕夜的饺子，
刚刚好。

我们面对他人的无知之趣不能再乐在其中，而是要有理有据地指出来，用一切能证明自己是对的、有学问的、有见识的、有底蕴的……旁征博引、引经据典、中西列举，所有一切一切，我们只是为了证明自己是个聪明人，或者是说比其他人聪明一些。

我们通过反复积累和练习让自己看上去滴水不漏，哪怕只是在虚拟的社交中，我们都希望自己可以横刀立马、决胜千里。这也是我几乎从来没有在公开场合下与人争论过的原因。因为任何一种言论都会有漏洞，而我们钻进、鼓吹、夸大这个漏洞，不外乎是为了证明自己是个聪明人。

可是很多事情，就像破除腊八蒜的“神奇”一样，得以证明，反而失了乐趣。而这乐趣在我看来，则是要比权威论证鲜活有趣一百倍的东西。

腊八除了腌制腊八蒜，更普遍的，应该是要喝腊八粥。腊八粥的由来据说是与佛教在腊八这天施粥有关，慢慢也就演变成了“祈福”的一种象征。

由于北京连日雾霾，好不容易风大见了蓝天，碧空如洗，实在坐不住，临时起意去了天坛。我在北京已数年，到天坛还是第一次，以为北京冬天的这点儿冷不足畏惧，结果端着相机的双手还是冻成了胡萝卜。

公园里倒是老人多，一起坐在长廊上晒太阳、下棋、聊天、卖些什物。卖东西的老爷子问我要不要买顶帽子，我说我可不可

腊八。
一时起意去了天坛，
到了才知道原来腊八就是祈福日，
天心石上有胖胖的姑娘合十祷告，
据说站在天心石上声音会传得更远，
不知是真是假。

以拍张照片，他说你拍吧，但还是不死心，问我真不要买一顶？多好看哪！我心有歉意，但我真的不需要啊，那帽子怕是给我奶奶戴，我奶奶都会嫌不时髦！林荫深处有退休的老太太在舞彩绸，我在旁边看了半天。老太太停下来问我要不要试试，我笑着推辞，说在一旁看着就好。老太太目秀鼻挺，看得出，年轻时一定是个大美人。

祈年殿下四处有人拍照。圜丘坛中央的天心石上有胖胖的姑娘在虔诚祷告。我不知是被风吹的还是怎样，竟一时生出天高地阔、一览众山小的感觉。朋友微信里催“还不回家？要冷死在外面吗？”我嘻嘻笑，方觉整个人确实是从头凉到尾，从里凉到外，出门前是没有吃饭的。

好在出了南门路边有家庆丰包子铺，便到店里喝了一碗紫米粥。甜得很自然。

这个腊八，也便是这样过去了。

而来日方长，就如诗人白渔所写：

留着它吧——
是酸，
帮你消化生活。
是苦，
为你鉴别欢乐。
是甜，

给你添力加热。

无论，
是福、是祸，
或少、或多，
留着，
留着，
不必追究，
何必说破。

年年岁岁花相似，岁岁年年人相惜

除夕。天蓝。风大。

杯子里泡着百合花、红枣干、桂圆干，最出味道的是“十一”节后从家带回的姑姑自己晒的苹果干，也算是此刻对家中味道的略余回味。

《好好地吃一朵西蓝花》从二〇一四年秋天写到二〇一五年年尾，整整写了一年多，跨过很多时日，跨过四季，也跨过很多人情和记忆。我是个靠身体直觉来记忆和做事的人，好比每年秋天都想吃糖炒栗子、河蟹、烤红薯，冬天想吃羊肉、冻柿子和甘蔗。关于这一点，我想很多人跟我一样，我猜这是人类身体记忆的惯性。

黄磊在“黄小厨”公众号里回忆小时候北京的冬天，家家户户囤白菜，很多家没有推车，便用床板临时拼一个。那时候的冬天好像总是热烈的，人人忙着冬藏，而现在，一进超市随时可以买到四季果蔬，“冬藏”这两个字便失去了意义，连形式也无。

小时候在乡下，自家都有菜园，不必拉着板车去街市上买白菜囤回来，自家白菜直接从菜园里起出便可。但东北太冷，天寒地冻，要储的菜赤裸裸放着

可不行。爷爷家便有地窖，把每年冬天要储存的菜齐齐整整码到地窖里，顺带还要把葡萄藤也藏进去，免得裸在外面冻死。

冬天的东北万物肃杀，蜡梅自然没有，但室内养的菊花正是开得大好的时候。每年冬天，爷爷家的屋子里都要养十几盆菊花，繁复硕大，开得特别有精神。酸菜自然也要满满积上一缸，要那种有年头儿的大缸才好，一颗颗大白菜干净整齐严严实实地码好，四周扩散，一层白菜一层盐，交替着一层层码起来，直至把缸码满，再找块重石洗净压上去。印象里家家户户积酸菜的缸和压酸菜的重石都是专用的，每到冬日便隆重登场。同时还有腌的咸菜和酱菜，这是那个年代冬储蔬菜的一种惯常做法。冬日里北方大地上几乎没有新鲜蔬菜可吃，家家户户最常见的便是这些腌菜，配着大锅炖的肉汤，调味又解腻。

这个除夕我和妹妹两个人在北京，我问妹妹在外面过年感觉怎么样？妹妹说挺好，说一过年人太多闹哄哄的。

我在二〇一四年过年时写的那篇《年味儿》中写到年是老人和小孩儿的，因为年是一种人情味儿。大家都在感慨如今年味儿越来越寡淡，我倒是不担心，因为人情味儿这个东西就像个轮回，怕是要到中年之后才开始重视，对于年轻气盛的人讲，暂且是不屑一顾的。

妹妹与我相差九岁，我像她这么大时，好像也巴不得逢年过节自己跑出去玩儿，新鲜又自在，不觉得回家过年有什么必要。直到今日，于我个人来讲，也不觉得全家人一起过年有什么必要，只是明白对于老人来说年节的重要性，看到子孙齐全一家人热热闹闹团团圆圆才好。

想起小时候每到年前连讨饭的人也活了脑筋，开始挨家送财神，就是一张塑料纸的财神画。主人家看着给赏钱，换做平日，有讨饭的人来，大多是直接给米给面，但年下送财神画总是要给钱的，讨个吉利，谁家也不好拒绝。同样还有踩高跷的表演，靠身手吃饭，逢年总是要到当地做生意的人家扭一扭，街坊四邻便都出来围着看热闹，生意人更要讨彩头，

出手都很大方。带队的人便高高兴兴领了赏钱，再说一番吉祥话，沿街去觅下一家。

记得有一年初一有趣得很，我奶奶一直跟一帮老太太跳广场舞、扭秧歌，有人带队组织说过年带这帮老太太去各个院儿表演。我奶奶积极得很，大年初一早上连饭都没吃，穿着她的红裙，戴着红花，拿着粉扇子就出门了。我们劝她在家好好过年她不肯，说大年初一有赏钱，每人三十呢。

快到中午的时候，就听院子里喧闹，带队的人把队伍领到了我爷爷家。扭了一会儿，我大姑给了赏钱，不肯走，继续扭，我大姑又给了赏钱，仍然不走。我奶奶急了，从队伍中跑到前面来拉领队，说快走吧快走吧。晚上回来，我奶奶肠子都悔青了，说这趟工可太不值了，还不如不去，全家人笑她。

如今一家人聚齐，大多都是在外面餐馆吃饭，省时省力，唯有除夕的团圆饭还会一家人热热闹闹各显身手自己做着吃。但对于许多年轻化的家庭来说，怕是连这一顿团圆饭也免了自己动手，要么订餐馆，或者干脆叫外卖。我跟妹妹原本打算在哥们儿的小馆订年夜饭，结果年夜饭订单太多，最后客服打电话说单点的单子都取消了，只能订全家套餐。我跟妹妹两个人根本吃不完，只好作罢。

小馆儿的老板老贾我之前见过一次，说是老贾，其实是小贾，年纪并不大，北京孩子，地道吃货。我跟老贾说，你家菜有点儿意思，不知道你放了什么料，竟然吃不出餐馆味。老贾说，那就是什么料都没放！日常家里怎么做就怎么做，不放鸡精，大锅熬鸡汤，菜不焯水直接炒，慢工出细活。老贾说的一句话很有意思，他说你永远不要相信餐馆里的厨师，因为厨师会的是程序化的手艺，很多厨师自己都分辨不出来什么叫好吃，什么叫不好吃！我说，所以呢？所以要相信吃货啊！真正的吃货开餐馆才是造福一方，可惜，年夜饭还是没福到我，打电话订日料店的位置，说除夕不营业，索性荤素提前一天都备齐，在家涮锅子。

早上早起，我跟妹妹收拾了房间，擦了门窗，贴了窗花和福字，十点多出门奔地坛庙会。到了才知道从年初一到初五，进不去，只得在附近吃了饭继续

转悠，转到了国子监。游客比平时少很多，多是组团来的南方人，父母带着孩子，说话轻声细语的。门口的姑娘喊检票的大爷来检票，大爷老小孩儿似的，说别急啊，大过年的让我吃块糖，慢悠悠地把糖剥到嘴里才作罢。

我跟妹妹仔仔细细看了石碑文刻和画展，看着那些缥缈幽深的山水画里，藏着安静的农舍院落。想必他们也在忙着披红挂绿、杀鸡祭祖。

傍晚的时候窗外渐次响起爆竹声，一层重过一层。我跟妹妹分工开始动手下火锅，妹妹洗菜准备碗筷，我配菜，调料，配锅底，因为锅底放了香叶和冬笋，味道格外清新。手机开始响个不停，各路春节问候的信息，给爷爷家打电话，家里人正在一边包饺子一边看春晚。在东北，年夜饭除了要吃饺子，还要吃猪蹄，尤其要选前蹄，因为前蹄是抓钱的意思，后蹄则是散钱的意思。这种吃食彩头，各处都有，蒸糕、发糕、粽子、全鱼、丸子……大多都是一个意思，一则团圆喜庆人丁兴旺，二则富贵有余蒸蒸日上。

饭食八分饱时，两人商量吃完下楼去散散步消消食看烟花，结果吃到十二分饱，便只能赖在阳台上看了。窗外爆竹声越来越浓，妹妹在旁边一件一件地包礼物，是给家中其他几个妹妹的。我则调白天拍的照片，其中有一张是妹妹站在马路边上抱着一大瓶可乐，我发给妹妹，妹妹发到朋友圈骗红包收钱去了。

还是要写这个尾声，在这么一个特别的时刻，房间里加湿器吞水一样地响着，里面加了橙花的精油，微甜，而有热情，在这样的夜晚最合适不过。

如同《好好地吃一朵西蓝花》这本书，归根到底是记录生活中那些微甜的记忆。人和事。故乡和远方。南城和北国。春花和冬雪。主角是那些可爱温暖的人，家人、朋友、恋人，甚至饱含暖意的陌生人，是他们的出场让我觉得细碎的生活如此美好可亲。

如果我们成了面目冰冷的人，一定是我们照过的这面现实的镜子太过坚硬。反之，如果我们成了面目温软的人，一定是我们照过的这面现实的镜子充满善意。我想，这就是我写这本书的初衷——感谢这些

人情的暖，如食物般供养安抚我们的生命。

谨以此书，送给我的爷爷，也感谢所有美好相逢、秋深露雪、春和景明。愿年年岁岁花相似，岁岁年年人相惜。

二〇一五年 除夕夜 完稿于京

HAOHAO DE CHI
YIDUO XILANHUA
好好地吃
一朵西蓝花

HAOHAO DE CHI
YIDUO XILANHUA

好好地吃一朵西蓝花